ドラッセンでいつの間にか
リベルとフローラのグッズが
大人気に!?
JN037626
「別に構わんではないか。
ドラッセンには
才能ある芸術家が多いな」
「だとしても、
これはちょっと
恥ずかしいです」
「私たちのグッズより
話題になる特産品を
開発するんです！」
役立たずと言われたので、
わたしの家は
独立します！
2
〜伝説の竜を目覚めさせたら、なぜか最強の国になっていました〜

マリア
システィーナ伯爵家の令嬢で、
フローラの親友。実家の商会と
フローラの連携プレーで、
化粧水の販路はばっちり。
フローラ
辺境伯家の令嬢……だったが、
独立したためナイスナー王国の王女に。
地位は気にせず内政エンジョイ中。

リベル
精霊の王にして伝説の竜。
大昔に世界を救い、
今はフローラの守護者に。
方向音痴だが、
人には知られたくないらしい。
精霊たち
タヌキさんを始めとして
国造りには精霊たちが活躍中。
モフモフ。
フローラの錬金工房で
作っているのは……
温泉水を使った化粧水!?

魔法陣がパッと輝きを放ち、
そこからパラシュートを背負ったネコ精霊たちがふわりふわりと落下してきます。
「かきんはやちんまで！　ねことのやくそくだよ！」
ネコ精霊たちの発言はいつものように不思議だらけです。

役立たずと言われたので、わたしの家は独立します！
2
～伝説の竜を目覚めさせたら、なぜか最強の国になっていました～
遠野九重
ill. 阿倍野ちゃこ

口絵・本文イラスト
阿倍野ちゃこ

装丁
おおの蛍（ムシカゴグラフィクス）

Contents

プロローグ　ご無沙汰してます、近況報告です！

「役立たずの辺境貴族の女と結婚するなど、やはり我慢ならん。……オレは真実の愛に気付いた。フローラリア・ディ・ナイスナー。貴様との婚約は破棄させてもらう」

クロフォード殿下による一方的な婚約破棄から始まった事件は、あれやこれやの大騒動を経て、なんとか無事に解決しました。

あらためて振り返ってみると、色々とありましたね。

精霊の王にして最強の竜であるリベルの生贄《いけにえ》になるはずが、なぜかものすごく気に入られたり、王都に魔物を召喚した国王を『イッポンゼオイ』で投げ飛ばして我が家の独立を宣言したり、他にも、弟神ガイアスの力で黒竜と一体化したクロフォード殿下を成敗（？）したり——。

うーん。

自分で言うのもなんですけど、ホントに大騒動というか、色々とありすぎませんか？

ご先祖さまの故郷、ニホンの言葉で表現するなら『人生山あり谷あり』というやつでしょうか。

私の場合はその山が険しすぎて雲の上に届いていたり、谷が深すぎて海に突入しているような印象ですけどね。

とはいえ、貴族というのは他の人の何倍も苦労する見返りとして贅沢《ぜいたく》な暮らしを約束されているわけですから、これもまた地位に伴う責務というものなのでしょう。たぶん。


ともあれお久しぶりです、フローラです。

私の実家であるナイスナー家がフォジーク王国から独立して半年が経《た》ちました。

ナイスナー辺境伯領は、お父様のグスタフ・ディ・ナイスナーを初代国王とする『ナイスナー王国』と名を変え、順調に発展を続けています。

ちなみに国名の『ナイスナー王国』は国王（お父様）、王子（ライアス兄様）、王女（私）、それからリベルの四名による会談（という名の、コタツを囲んだ家族会議）で決まったものですが、話し合いではちょっとしたトラブルがありました。

というのも、ライアス兄様がこんなことを口走ったからです。


「『ナイスナー王国』って、なんだか普通すぎるだろ。ここは愛する妹の名を後世まで残すために『神聖フローラリア帝国』ってのはどうだ」

「ライアス兄様、正気ですか……？」

「ほう。悪くないな」

「リベルまで⁉」

「ライアスはともかく、精霊王であるリベル殿がそうおっしゃるのなら……」

「お父様！　普通でいいんです！　こういうのは！」

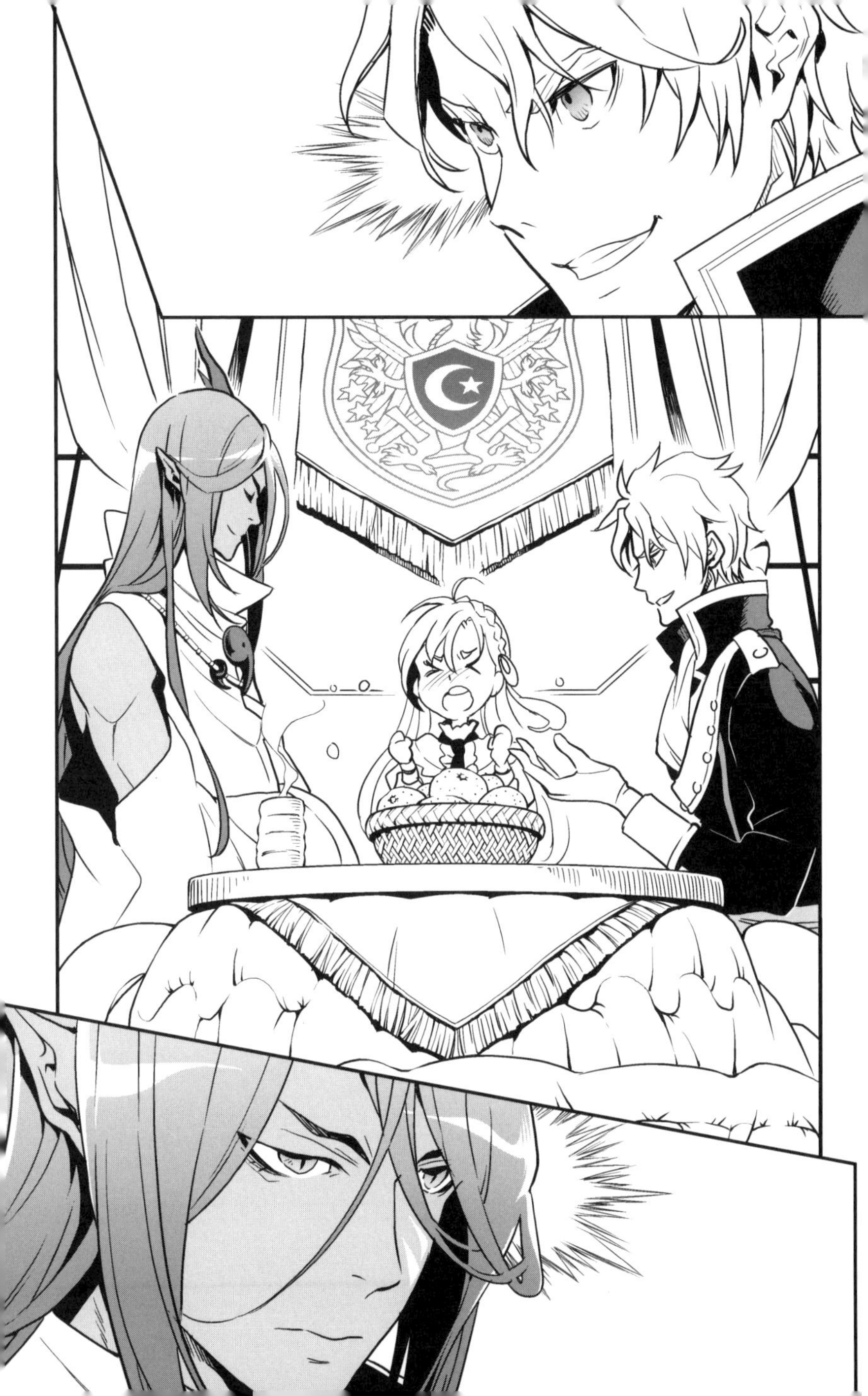

最後は私が机をバーンと叩《たた》いてお説教したことで国名は『ナイスナー王国』に落ち着きました。

というか『神聖フローラリア帝国』って意味不明すぎませんか。

神聖やら帝国やら、いったいどこから出てきたのやら。

ライアス兄様はときどき発想が自由すぎるので困りものです。

……そういえば今更になって気付いたのですが、家族会議なのにサラッとリベルが交じっていましたね。

いつも私と一緒にいますし、ライアス兄様もお父様もその光景を見慣れていることもあってか、リベルの存在を当然のように受け入れていたようです。

ちなみにこの一件を知ったマリアは眼《め》を輝かせながら、

「ふふっ、外堀が少しずつ埋まってきましたわね」

とコメントしていました。

外堀が何なのかよく分かりませんが、まあ、マリアはときどき不思議なことを言うのであまり気にしないほうがいいでしょう。

その他、半年間での大きな出来事としては……ドラッセンの街への移民事業でしょうか。

移民事業が始まった経緯ですが、先程も少し話に出た通り、隣のフォジーク王国では国王（私に『イッポンゼオイ』された方ですね）が城下に魔物を召喚して人々を襲わせる、という大事件がありました。

さらに信じがたい話ですが、平民の皆さんが混乱する様子を肴《さかな》にして、国王やその側近たちはパーティを楽しんでいたのです。

幸い、私がその場に居合わせていたのと、ネコ精霊や聖杖ローゼクリスが力を貸してくれたおかげで大きな被害は出ませんでしたが、平民の人々にとってはたまったものではありません。


「国王陛下は俺たちのことなんて、ゴミか家畜くらいにしか思ってねえんだ！」

「もう、あの王様には付いていけないわ！」

「フォジーク王国から独立するなら、俺たちのことも連れて行ってください！　開拓でもなんでも、恩返しにお手伝いします！」


実際、同じ事件が二度、三度と起こる危険もあるわけですし、ナイスナー王国では平民の皆さんを受け入れることになりました。

そのために作った新しい街こそがドラッセンであり、つい先日、移民事業は無事に完了しました。

本来なら何年もかかっていたところでしょうが、たくさんの人や精霊たちが力を貸してくれたおかげで、想像よりもずっとスムーズに、かつ、トラブルもなく、およそ五万人規模の『引っ越し』が終わったのです。

もはやフォジーク王国の城下に平民は誰も残っていません。

国王やその側近の貴族たちは以前に「汚らわしい平民など消えてもかまわん」と豪語していましたが、それが現実になったわけです。

結果としてどうなったかといえば、宮殿や貴族街での日常生活が成り立たなくなって、ものすごく困っているそうです。

まあ、当然と言えば当然ですよね。

貴族というのは平民の皆さんに支えられて成立しているわけですから、その人たちが消えてしまえば、貴族には何も残りません。

こうなると王都に留《とど》まっている『うまみ』はゼロですし、貴族たちは国王を見捨てて自分の領地に逃げ帰ろうとしたようですが、結局、途中で断念したようです。

馬車を動かす御者も、護衛をする騎士もいなくなってしまいましたからね。

最終的には精霊のキツネさんとその仲間たちが貴族の皆さんを領地に送り届けてあげたそうです。

ただ、その際にどんな交渉がなされたのかまでは詳しく聞いていません。

キツネさんは、

「彼らはフローラリア様の慈悲に深く感謝し、ナイスナー家に二度と逆らわないと約束しました」

と言っていましたから、かなりの恩を着せたことは間違いないでしょう。

こうして貴族たちは自分の領地に戻り、結果として王都には国王だけが取り残されることになりました。

国王は大慌てで近隣の貴族家に保護を求めているものの、あちこちで門前払いを食らっているようです。

もはや王家の権威は地に落ち、フォジーク王国は崩壊したと言ってもいいでしょう。

すべてのきっかけは舞踏会の夜にクロフォード殿下が私に対して婚約破棄を宣言したことですが、まさかこんな結果になるなんて誰が予想したでしょうか。

当事者の一人である私でさえビックリしています。

世の中、何が起こるか分かりませんね……。


さてさて。

いつまでも驚いている場合ではなかったりします。

やることは山積みですからね。

ドラッセンへの移民事業は無事に終わったわけですが、やったらやりっぱなし、というわけにはいきません。

今後とも街が継続的に発展していけるように、そしてなにより、移住した人々がいつまでも快適に暮らせるように、状況に応じて手を打っていく必要があります。

誰がそれをやるのか、という話なのですが……。

ここでビッグニュースです。

国王であるお父様の命により、私ことフローラリア・ディ・ナイスナーは、ドラッセンを含めた西部一帯を『ブレッシア領』として治めることになりました。

ブレッシアというのは西部一帯の古い呼び名で「女神の祝福」を意味しています。

領地の面積は決して大きなものではありませんが、自分の土地を手に入れた、というのは、なんだかワクワクしてきますね。

領主としての最初の仕事は、領民――ドラッセンに住む人々への顔見せです。

住民の皆さんとはこれまでに何度も顔を合わせていますが、それはあくまで『移民事業の総責任者』としてのことで、『領主』の立場で会うのは今日が初めてになります。

きちんと受け入れてもらえるでしょうか。

大丈夫とは思いますが、ちょっと不安になりますね。


……えっ？

ドラッセンのネコ精霊たちがお祭りの準備をしている？

街の人たちもノリノリで手伝ってるんですか？

えっと。

なんだか、初日から予想外のことが起こり始めましたよ……？

第一章　領主就任の挨拶をします！

ドラッセンでお祭りの準備が進んでいることを教えてくれたのは、ネコ精霊のミケーネさんでした。

「フローラさまに喜んでもらうために、みんな、こっそり準備してるんだよ！　すごいでしょ！」

「えっと……」

「どうしたの？」

「今、『こっそり』って言いませんでした？」

「あっ！　あわわわわわわ……！」

ミケーネさんは大慌てで自分の口を両手で押さえました。

「な、な、なんでもないよ！　気のせいだよ！　目の錯覚だよ！」

「ミケーネよ。それを言うなら空耳であろう。くくっ」

向かいのソファで悠然とくつろぎながら、リベルが愉快そうに忍び笑いを漏らしました。

ここはガルド砦《とりで》の三階にある、私の執務室です。

移民事業が始まってからというもの、この部屋で書類とにらめっこをしたり、官僚の皆さんから報告を受けたり、リベルと一緒にお茶を飲みながら休憩したりと多くの時間を過ごしてきましたが、それも今日で最後になります。

移民事業は無事に終わりましたし、これからは拠点をドラッセンの街に移して領主としての仕事に取り組んでいくことになります。

ドラッセンへの出発まで時間があるので、リベルと二人でのんびり過ごしていたのですが、そこにミケーネさんがやってきたわけです。

そしてお祭りについて口を滑らせてしまった、と。

「ぴえええええっ。フローラさま、さっきのは忘れてほしいよ！」

目をうるうるさせながらミケーネさんが懇願してきます。

「おねがいだよー。おねがいだよー」

「仕方ないですね」

私は苦笑しながら頷《うなず》くと、ミケーネさんを手招きします。

「さっきの話は聞かなかったことにしますから、代わりにモフモフさせてください」

「うん、わかった！」

ミケーネさんは私のところにやってくると、ぽっちゃりとした体つきからは予想もできないくらい軽快な動きでピョンと膝上に飛び乗ります。

その毛並みは柔らかく、暖かく、とても心地のいいものです。

「わーい！　ぼく、フローラさまになでてもらうの、すきー」

ミケーネさんは嬉《うれ》しそうな声を漏らしながら、ぐしぐしと私の膝に頭を擦りつけてきます。

「フローラよ。あいかわらずミケーネに懐かれておるな」

「ふふん。羨ましいですか」

「……いや、そうでもない」

リベルはなぜかニヤリと口の端を吊《つ》り上《あ》げると、ソファを離れました。

そして私の背後に回ると、わしゃわしゃと頭を撫《な》でてきます。

「急に何をするんですか」

「ミケーネの毛並みも悪くないが、汝《なんじ》の髪はとても魅力的だ。手触りは絹のように繊細で、手で梳《す》けば流水のごとく指のあいだを流れ落ちていく。いつまでも撫でていられるな」

うう。

黒竜と一体化したクロフォード殿下と戦って以来、リベルの態度がちょっとだけ変わったような気がします。

今回みたいに、聞いていて恥ずかしくなるようなことをサラッと口にしたり、そのせいで照れている私を眺めて満足そうにしていたり……。

たまには逆襲したいところですが、いい方法はないでしょうか。

うーん。

思いつきませんね。

まあ、撫でられていれば頭皮の血行が良くなって髪のケアに繋《つな》がるかもしれませんし、リベルは精霊王ですから不思議な精霊パワーで美容効果が出てくる可能性もあります。

ですから、まあ、急いで逆襲することもないかな、とも思います。

……リベルに頭を撫でられるの、嫌いじゃないですしね。


リベルが私の頭を撫でて、私がミケーネさんの頭を撫でる。

そんな不思議な光景がしばらく続いたところで、私はハッと我に返りました。

壁に掛かっている時計は午前十時を指しています。

「リベル、そろそろドラッセンに出発しましょう」

「言われてみればちょうどいい時間だな。では、行くとしようか」

「ぼくもおともするよー！」

◇　◇

というわけで、私はミケーネさんを抱えたまま、リベルと一緒に執務室を出ます。

着替えなどの荷物はすでにドラッセンに運び込まれていますから、あとはこの身ひとつで現地に向かうだけです。

建物の外に出ると、そこには砦の騎士さんたちがずらりと並んでいました。

どうやら見送りに来てくれたみたいです。

「フローラリア様、どうかお気をつけて！」

「西で何かあればすぐに駆け付けます！」

「うちの両親がドラッセンに引っ越すって言ってました！　ワショクの店を開くそうなんで、よかったら行ってやってください！」

あっ、それはちょっと興味ありますね。

クロフォード殿下の婚約者だったころは王妃候補ということであまり気軽に出歩けなかったんですけど、今はそんなに肩肘張らなくてもいい立場ですし、そのうち行ってみましょう。

もともとワショクは好きですし、街の料理店がどんな雰囲気なのか、ものすごく興味があります。

私が騎士の皆さんとの別れを済ませると、少し離れた場所に立っていたリベルがこちらを見て頷きます。

ピカッ！

その身体が閃光《せんこう》に包まれたかと思うと、炎のような鬣《たてがみ》を持つ真紅の竜へと変化していました。

これがリベル──『星海の竜リベルギウス』の本来の姿です。

やっぱり大きいですね。

ガルド砦の城壁は三階建ての建物と同じくらいなのですが、一番高いところでさえリベルの肩には届きません。

もうひとつ同じ城壁を積み重ねればようやく顎に届くくらいです。

リベルは身をかがめると、私の方に左手を差し出してきます。

「さあ、乗るがいい」

「失礼しますね」

私は靴を脱ぐと、ピョン、とその掌《てのひら》に飛び乗りました。

「汝は相変わらず律儀だな。靴くらいは履いたままでも構わんぞ」

「それはさすがに申し訳ないかな、と思いまして」

私はそう答えながら右手で靴を拾い上げます。

左腕はミケーネさんを抱っこしたままですよ。

……おや？

「すぴー……。すやぁ……」

ミケーネさん、いつのまにか寝ちゃってます。

無邪気な顔が可愛《かわい》らしいですね。

「ふふっ」

私は思わず笑みを零《こぼ》したあと、リベルを見上げました。

小声で「そーっと出発してください、そーっと」と告げると「いいだろう」という言葉が返ってきます。

リベルはゆっくりと羽搏《はばた》き始めました。

それとともにそよ風が生まれて、私の頬《ほお》を撫でていきます。

やがて軽い浮遊感が訪れました。

リベルの身体が宙に浮かびます。

少しずつ、少しずつ、高度が上がっていきました。

ミケーネさんを起こさないように配慮してくれているのでしょう。

リベルは精霊の王様だけあって普段から威厳たっぷりですけど、ちゃんと優しいところもあるんですよね。

私はそのことをよく知っています。

えへん。

……いったい誰に自慢しているのでしょうか。

我ながら謎すぎますね、ごめんなさい。


「それじゃあリベル、西に向かってもらっていいですか」

「ドラッセンの位置ならば覚えておる、安心するがいい」

「あの」

「どうした？」

「そっち、東ですよ」

「……ふむ」

リベルは長い首を巡らせて、周囲をぐるりと見回します。

それからあらためて西に向き直りました。

「ところでフローラよ、東に飛び続けると西に辿《たど》り着《つ》く、という話は知っているか？」

「リベル、もしかして照れてますか」

「なんのことだ」

あっ、これは照れてますね。

リベルは口を閉じて、むーん、と難しげな表情を作っていますが、内心では恥ずかしがっているのでしょう。

ちょっと可愛いですよね。

私はクスッと笑みを零しながら、先程の問いかけに答えます。

「東と西が繋がっているのは、この大地が丸い形をしているからですよね」

「うむ。よく知っているな」

「テラリス教の伝承にもありますからね。『女神テラリスは両手で土を転がすように捏《こ》ね、星々を丸く作った』って」

あ、念のために補足しておきますね。

ナイスナー王国および隣のフォジーク王国では星の女神テラリスを崇《あが》めるテラリス教が広く信仰されています。

その教義を記した『大聖典』という分厚い書物によると、テラリス様は粘土遊びのような気軽さで太陽や月、夜空の星々を生み出したそうです。

そして最後にこの大地を指先ではじき、くるくる回るように定めたのだとか。

太陽が東から昇って西に沈むのも、実際には太陽が動いているのではなく、この大地が回転しているから、と言われています。

私としては、そのうち回転が止まっちゃうんじゃないかと心配になりますが、そのあたりはどうなのでしょう。

ちょっとリベルに訊《き》いてみましょうか。

「おそらく大丈夫であろう。まあ、もしも大地の回転が止まったなら、その時は――」

「その時は？」

「――おうさまがくるくる回してくれるよ！」

わっ。

びっくりしました。

いきなり声を上げたのはミケーネさんでした。

私に抱っこされたまま眠っていたはずなのですが、いつのまにか目を覚ましていたようです。

「ぼく、げんきいっぱい！　フローラさま、おうさま、おはよう！」

「おはようございます、ミケーネさん」

「ずいぶんとよく眠っておったな。そんなにフローラの腕の中は心地よかったか」

「うん、とっても！」

ミケーネさんは満面の笑みを浮かべると、西のほうに視線を向けます。

すでにドラッセンが遠くに見えていますね。

ガルド砦《とりで》からは馬車で三時間ほどの距離にあるのですが、飛び始めてから五分も経っていません。

さすがリベル、すごく速いです。

私が感心していると、ミケーネさんが「あっ！」と慌てたように声を上げました。

「フローラさま、フローラさま」

「どうしたんですか、ミケーネさん」

「ぼく、キツネさんから伝言を預かってるよ！　ドラッセンの手前にお迎えが来ているから、そこで降りてほしいんだって！」

キツネさんといえば、精霊の中では珍しく（？）頭脳派で几帳面《きちょうめん》な子です。

フォジーク王国から独立するにあたっては先方との交渉役も引き受けてくれました。

性格にはちょっと黒いところもありますが、そこも含めて頼もしい味方です。

「キツネさんもお祭りに関わっているんですか？」

「うん！　フローラさまを歓迎するためにお祭りを開こう、って最初に言い出したのもキツネさんで……でで、でで、ででーん！」

「えっと、ミケーネさん？」

急にどうしたのでしょうか。

精霊が突拍子もない言動をするのはいつものことですが、今回はちょっと不自然すぎます。

「急にどうしたんですか？」

「えっとね、うんとね」

ミケーネさんは困ったように口をもごもごさせています。

「キツネからは、自分が発案者であることを伏せてほしい、と言われていたのであろう」

リベルが苦笑しながらそう言うと、ミケーネさんはコクコクと頷きました。

「おうさま、どうしてわかったの？」

「キツネはいつも堂々としているように見えて、かなりの照れ屋だからな。……くくっ。まったくもって可愛らしいことだ」

えーと。

ここに鏡がないのが悔やまれますね。

他人事みたいに言ってますけど、今の話、まるごとリベルにも当てはまるような……。

「フローラ、なぜそんなに生暖かい目で我を眺めておるのだ」

「いえいえ、自分のことってなかなか分からないものだなあ、と思いまして」

「んん？　汝《なんじ》は何を言っておるのだ。……まあいい。迎えというのは、あの者たちか？」

リベルは右手で地上を指差します。

そこにはネコ精霊たちが大勢集まって、私たちのほうに手を振っていました。

キツネさん、それからタヌキさんの姿もありますね。

「ミケーネさん。ここで地上に降りたらいいんですか？」

「うん！　皆に合流してほしいよ！」

「それじゃあリベル、お願いします」

「よかろう、高度を下げるぞ。……それにしても、精霊たちも随分と楽しそうなことだ。フローラ、汝は本当に慕われておるのだな」

◇　◇

リベルが降り立ったのは、街道沿いの草原でした。

ズン……という沈み込むような地響きとともに、わずかに土煙が上がります。

私の服が汚れないよう、かなり気を使って着陸してくれたようです。

こういうところ、紳士だな、と思います。

さて、それでは行きましょう。

リベルに身を屈《かが》めてもらい、私はその大きな左手からピョンと飛び降りました。

あっ、もちろん靴は履きましたよ。

トン、と。

我ながら軽やかに着地できました。

衣服の乱れもありません。

コツは足首と膝でうまく衝撃を吸収することですね。

このあたりの技術は、昔、我が家に伝わる『ジュージュツ』を学んだ時にきっちり身に付けています。

うーん、と背伸びをしていると、向こうからキツネさんが優雅な足取りでやってきます。

「フローラリア様、おはようございます。本日もお美しいようでなによりです」

「ありがとうございます。キツネさんもピシッと決まってますね」

シワひとつない燕尾服《えんびふく》と、左右対称に結ばれた蝶《ちょう》ネクタイ。

目元はパッチリ、毛並みも乱れなく整えられていて、ニホンゴで言うところの「イケメン」といった雰囲気です。キツネですけどね。

「本日よりフローラリア様が領主としてドラッセンにいらっしゃると聞き、街の者たちと我々精霊で歓迎の催し物を用意させていただきました。さあ、こちらにお乗りください」

そう言ってキツネさんが右手で指し示したのは――

「たぬー」

タヌキさんでした。

……えっ？

「私、もしかしてタヌキさんに乗るんですか」

「そうだよー」

タヌキさんはゆるい感じで頷《うなず》くと、その場で腹這《ば》いになりました。

いやいや、ちょっと待ってください。

タヌキさんって、かなり小柄なんですよね。

私が気軽にヒョイと抱えられるくらいです。

当然ながら背中も小さいわけで、そこに乗るのは抵抗があります。

どうしたものでしょうか。

私が戸惑っていると、キツネさんがタヌキさんのところに行って声を掛けました。

「タヌキさん、大きくなるのを忘れていますよ。フローラリア様が困っているではないですか」

「あっ、そうだったー。ごめんね、ごめんね」

タヌキさんはハッとした様子で立ち上がると、両腕を空に向かって伸ばします。

そして不思議な呪文を唱えました。

「たぬき、こたぬき、おおたぬきー。今日のぼくは、おおたぬきー」

言い終えると同時に、ポン、と白い煙が弾けました。

数秒、視界が塞がれます。

やがて煙が消え去ると、そこにはドーンとビッグサイズに変身したタヌキさんの姿がありました。

大きさとしては我が家にある四人乗りの馬車と同じくらいです。

これなら背中に乗るどころか、寝転がることもできそうですね。

「今日のぼくは、いすがついてるお得なセットだよー」

タヌキさんはそう言って腹這いになります。

すると、背中のところで再びポンと白い煙が弾け、ふかふかの絨毯《じゅうたん》と、横長の椅子が現れました。

椅子は二人が並んで座れるほどの幅で、絨毯ともども、ロープでタヌキさんの身体に固定されています。

花柄の大きな日傘も付いており、なんとも豪華な雰囲気です。

「タヌキさん、椅子、重くないですか？」

「だいじょうぶー。かるがるー」

タヌキさんは左手……というか、左の前足をヒョイと掲げながら答えます。

無理している印象もありませんし、これなら大丈夫そうですね。

「フローラさま。心配してくれて、ありがとー」

「いえいえ、これくらい当然ですよ。……もし私が重かったら、遠慮なく言ってくださいね」

このところデスクワークばかりで運動不足なので、その点はちょっと心配です。

一応、毎朝のランニングだけは欠かさないようにしていましたけどね。

「それではフローラリア様、こちらへどうぞ」

タヌキさんの準備が整ったのを見て、キツネさんが声を掛けてきます。

「リベル様も、ぜひともご一緒に」

「うむ。よかろう」

後ろを振り向くと人間の姿になったリベルがすぐ近くに来ていました。

あらためて見上げてみれば、本当に背が高いですね。

真紅の澄んだ瞳は、私よりも頭一つほど上の位置にあります。

「では、行くとしようか」

「そうですね」

私は頷くと、リベルと一緒にタヌキさんのすぐ近くまで歩いていきます。

……あれ？

そういえばタヌキさんの背中にはどうやって乗ればいいのでしょうか。

高さとしてはリベルの背丈よりもさらに大きいです。

身体の毛を掴《つか》んでよじのぼるのは、さすがにタヌキさんも痛いでしょうし……うーん。

私が悩んでいると、リベルがこう告げました。

「少し飛ぶぞ。舌を噛《か》まぬように気をつけろ」

「――ひゃっ⁉」

それは突然のことでした。

リベルは「お姫様抱っこ」で私を抱え上げると、その場から跳躍しました。

そしてタヌキさんの背中に着地すると、そこに取り付けられた椅子に私を降ろしました。

……いきなりのことだったせいか、心臓がバクバクしていますね。

私が深呼吸を繰り返していると、左隣にリベルが座りました。

端正な顔をこちらに近付け、不思議そうに問い掛けてきます。

「フローラよ、何をしておるのだ」

「大したことじゃありません」

私はそっぽを向きながら答えます。

「リベルに驚かされたから、心を落ち着けていたんです」

「ふむ。人族というのは大変なのだな」

リベルは大真面目な様子で頷きました。

まったくもう。

この王様、わりとズレたところがありますよね。

私は苦笑しつつ、周囲に視線を向けます。

おっと。

気が付けば、私たちの周りには大勢のネコ精霊たちが集まっていました。

皆、白い帽子とブレザーを纏《まと》い、トランペットやホルン、シンバルなどを手にしています。

その中にはミケーネさんの姿もあって、いつのまにか周囲の子たちと同じ格好に着替えていました。右手には大きな銀色の旗を抱えています。

旗には月と星を象《かたど》った紋章が青色の糸で刺繍《ししゅう》されていました。

この紋章は、私が領主として治めるブレッシア領を示すものです。

ミケーネさんは旗を掲げると、元気よく私に告げました。

「ぼくたちは、フローラさまのために結成された、ネコの音楽隊だよ！」

その言葉に続いて、他のネコ精霊たちが声を上げます。

「みんなで、いっぱいれんしゅうしたよ！」

「このおんがくを、フローラさまにささげるよ！」

「ぜんべいをなかせてやるぜー！」

『ぜんべい』というのが人名なのか地名なのかはよく分かりませんが、ともあれ、ネコ精霊たちはやる気でいっぱいのようです。

「フローラリア様、少々よろしいですか」

気が付くと、すぐ右側にキツネさんの姿がありました。

いつのまにタヌキさんの背中に登ってきたのでしょうか。

さすがキツネだけあって（？）神出鬼没ですね。

「本日の流れについて簡単に説明させてくださいませ。ただ、必要に応じてワタシが誘導いたしますので、忘れてしまっても構いません」

そう言ってキツネさんは今後の動きをザッと教えてくれました。

とはいえ、そこまで複雑な内容ではありません。

私はこのままタヌキさんに乗ってドラッセンに入り、領民たちに顔見せを行います。

周囲をネコの音楽隊に囲まれてのパレードですね。

そのまま街の中央広場に向かい、領主としての挨拶を行ったら、あとは自由行動のようです。

「――以上になります。何か質問はございますか？」

「大丈夫です。意外にやることは少ないですね」

領主としての挨拶はもともと行う予定でしたから、その前にパレードが挟まっただけ、といったところでしょうか。

「今日の催し物はフローラリア様を歓迎するためのものとなっております。ご負担は最小限に抑えてありますので、挨拶が終わりましたら、肩の力を抜いて祭りを楽しんでくださいませ」

「ありがとうございます。キツネさんは優しいですね」

「……はて、なんのことやら」

キツネさんは私から視線を逸《そ》らすと、そのままミケーネさんのほうを見ました。

「ミケーネさん。貴方《あなた》、もしや――」

「わわわわっ、ぼく、言ってないよ！　キツネさんがフローラさまのために何日もかけてパレードの計画を練っていたなんてぜんぜん言ってないよ！」

そうですね。

ミケーネさんはそんなこと少しも言ってませんでした。

でも、今、言っちゃいましたね……。

キツネさんのほうを見れば、瞬《まばた》きを繰り返したまま、声もなく固まっています。

さすがにこの流れは予想外だったのでしょう。

「フ、フローラリア様」

キツネさんが、ぎこちない動きでこちらを振り返ります。

動揺しているらしく、後ろの尻尾がプルプル震えていました。

「今のミケーネさんの発言は、その……」

「よいではないか、キツネよ。堂々とせよ」

王様らしい、威厳たっぷりの声で告げたのはリベルです。

「汝《なんじ》はフローラのために力を尽くし、今日まで祭りの準備を進めてきたのであろう。物事を為《な》した者は賞賛を受け取る資格がある。恥じることなく胸を張るがいい」

「そうですね。せっかく頑張ってくれたんですから、ちゃんとお礼を言わせてください」

「わ、分かりました……。コン、コン」

私の言葉に頷くと、キツネさんは小さく咳払《せきばら》いをしてから姿勢を正しました。

「ミケーネさんが口を滑らせた通り、この祭りはワタシの発案によるものです。ただ、街の者や精霊たちも大いに力を貸してくれましたので、ぜひ、後で労《ねぎら》いの言葉を掛けてやってください」

「もちろんです。キツネさん、本当にありがとうございます」

「お褒めに預かり恐悦至極、でございます」

キツネさんは右腕をお腹《なか》に、左腕を背中に付けると、優雅な仕草でお辞儀をしました。

ちょっと気取った振る舞いになっているのは、きっと照れ隠しもあるのでしょう。


そのあとミケーネさんが「口を滑らせてごめんね」とキツネさんに謝って、この話は一件落着となりました。

「ワタシは街のほうの準備がありますので、ひとまず失礼いたします」

キツネさんは最後に一礼すると、ドロン、と白い煙を残してその場から消え去りました。

「……リベルって、ちゃんと王様なんですね。格好よかったですよ」

「ふふん。そうであろう、そうであろう」

リベルは機嫌よさそうに鼻を鳴らします。

「精霊たちは大きな力を持つが、決して全知全能の存在ではない。悩み、戸惑うこともある。そん

な時に導いてやるのも精霊王の役割だ」

「まるで学校の先生みたいですね」

「教師か。確かにその通りだ」

リベルは納得したように頷きました。

「だが、我だけでは手が届かん部分もある。我と精霊のあいだに汝が入るのが理想的かもしれん。先程の、キツネの時のようにな」

「もしかして私、リベルの臣下としてスカウトされてます？」

「いや、そういうわけではない。……とはいえ、検討する価値はありそうだな」

リベルは口元に手を当てて考え込むと、しげしげと私のほうを眺めてきます。

「汝は精霊から慕われておる。王との間を仲介する者としては適任だろう。役職を新たに作るなら、精霊宰相といったところか」

「遠慮しておきます。宰相ってなんだか腹黒そうですし」

「ならば精霊姫はどうだ」

「私、姫って雰囲気じゃないですよね」

「なかなか注文が多いな」

「ダメですか？」

「別に構わんとも。あくまで冗談だ」

リベルは肩を竦《すく》めると、フッと口元を緩めます。

「さて、そろそろパレードが始まるようだ。先頭が動き始めたぞ」

どれどれ、ちょっと見てみましょうか。

前方に視線を向けると、ちょうど、ミケーネさんが大きな旗を掲げたところでした。

「みんな、ついてきてね！」

元気よく声を上げると、ゆっくりと歩き始めます。

その後ろにネコ精霊たちの音楽隊が続きました。

「じゃーん！　じゃーん！」

「フローラさまのおとおりだー！」

「ぱらりら、ぱらりらー」

何を言っているのかよく分からない子もいますが、ともあれ、楽しそうでなによりです。

「フローラさまー。おうさまー。うごくよー」

タヌキさんがゆっくりと歩き始めます。

思ったより揺れは少ないですね。

これなら酔うこともなさそうです。

行き先であるドラッセンは、フォジーク王国の王都に住む人々を受け入れるために作った街です。

目玉としてはリベルが竜の姿のまま入れる大きな『竜の湯』ですが、他にも、街のあちらこちらに温泉が湧き出ています。

ドラッセンを訪れる観光客も少しずつ増えてきましたから、領主として、街をもっと盛り上げていきたいですね。


私たちは東門からドラッセンの街に入りました。

ネコ精霊の中にはパレードの演出を担当している子も多く、建物の上から紙吹雪を撒《ま》いたり、あちこちでパン！　パンパン！　とクラッカーを鳴らしています。

遠くには花火が上がっており、とても賑《にぎ》やかな雰囲気です。

大通りの左右にはたくさんの人々が詰めかけ、私やリベルに手を振ってくれました。

「フローラリア様！　王都から連れ出してくれてありがとうございます！」

「領主就任、おめでとうございます！」

「きゃー！　フローラさま、目線こっちくださーい！」

最後の人、それは何か違いませんか。

オペラの歌姫《アイドル》ならともかく、私はただの領主ですよ。

とりあえずリクエストに応えて視線を送りましょうか。

相手は女性でしたが、私がニコッと微笑《ほほえ》むと幸せそうな表情でその場に崩れ落ち、たまたま近くにいた人たちに助け起こされていました。

貧血でしょうか。

「街の食糧事情について調査が必要ですね」

「フローラ。汝はおそらく根本的な考え違いをしておるぞ」

リベルは苦笑がちに肩を竦めました。

パレードはやがて街の東部から、中心部へと差し掛かりました。

『竜の湯』の高い石垣の横を通り抜け、広場に到着します。

すでに広場のあちこちに出店が出ており、おいしそうな匂いが漂っています。

そろそろお昼の時間ですけど、がまん、がまん。

まだやるべきことが残っていますからね。

広場の奥には大きなステージが設けられていました。

木造なのでネコ精霊たちが手掛けたものでしょう。

屋根があり、魔導灯などもしっかり用意されており、たとえばオペラの野外ステージとしても再利用ができそうです。

クロフォード殿下の婚約者として王都にいたころの話になりますが、有名な移動劇団の人々と親しくしていましたから、そのうち招待してもよさそうですね。

ステージの裏側に回ったところで、私たちを乗せたタヌキさんが歩みを止めました。

ポン、と目の前で煙が弾けたかと思うと、キツネさんが姿を現しました。

「フローラリア様、リベル様。パレードはここまでとなります。お疲れさまでした。お二人の元気な姿を見て、領民たちも喜んでいることでしょう」

「皆さん、ものすごく歓迎してくれていましたね」

「フローラの人望の賜物《たまもの》であろう。……ところでキツネよ、我もひとつ趣向を思いついた。聞くがいい」

リベルはキツネさんを呼び寄せると、ヒソヒソと何事かを耳打ちしました。

「……というわけだ。どう思う」

「素晴らしい趣向かと存じ上げます。ぜひ、よろしくお願いいたします」

「よかろう、任せるがいい」

「何をするんですか？」

「くくっ、それを教えては面白くなかろう。楽しみに待つがいい」


そのあと、リベルは私を抱えてタヌキさんから降りると、一人でどこかに行ってしまいました。

一体、何を企《たくら》んでいるのでしょうか。

とっても気になりますが、ひとまず、自分のやるべきことに集中しましょう。

領主としての挨拶ですね。

原稿はすでに頭の中に入れてありますし、リハーサルも昨晩のうちに済ませました。

ステージの裏からコソッと外を覗《のぞ》いてみれば、すでに領民の皆さんが大勢集まっています。

座席はすべて埋まり、立ち見まで出ていますね。

私をここまで運んでくれたタヌキさんは普通のサイズに戻って、列の整理をしています。

また、会場の後方には即席の物《もの》見《み》櫓《やぐら》が組まれており、そこにはミケーネさんが聖杖ローゼクリスを持って待機していました。

《ネコチューブ》という魔法を使い、広場に入りきれなかった人々に向けて映像（私の姿と声）を届けるそうです。

他のネコ精霊たちは「らいぶびゅーいんぐ！」「どくせんはいしん！」「こうこくりょうでぼろもうけ！」と言っていましたが、どういう意味なのでしょうか。

まあ、あの子たちの発言が不思議なのは今に始まったことではありませんし、なんだか可愛《かわい》らしいのでよしとしましょう。

ご先祖さまも、記録水晶という音声を記録できる魔導具に「可愛いは正義」という言葉を残していますからね。

「フローラリア様、そろそろ支度をお願いします」

私の出番が近いらしく、キツネさんが声を掛けてきます。

「あまり緊張なさってはいないようですね」

「ちょっとはドキドキしてますよ。でも、慣れてますから」

私はもともとクロフォード殿下の婚約者、つまりは王妃候補だったわけです。

公式行事で人前に出ることも多く、同年代の貴族令嬢の中では場数を踏んでいるほうだと思っています。

さて、それでは行きましょうか。

「これより領主のフローラリア・ディ・ナイスナー様から、領民の方々に向けての挨拶があります。どうか、静かにお聞きください」

広場に集まった人々へのアナウンスは、舞台裏にいるキツネさんが担当していました。

大声を出すのではなく、魔法で音を反響させ、人々の耳に届けているようです。

「それではフローラリア様、よろしくお願いします」

「はい。行ってきますね」

私はキツネさんとアイコンタクトを交わすと、舞台裏から表に出て、ステージに上がりました。

ざわ……と人々が声を上げました。

たくさんの視線がこちらに集まっているのを感じます。

私はそれを受け止めるように胸を張ると、ステージの中央で足を止め、正面を向きました。

あらためて観客席を眺めれば、本当にたくさんの人がいます。

座席の配置としては、左側、中央、右側の三ブロックに分かれていて、それぞれのブロックごとに五席×二十列の椅子が配置されています。

つまり合計で三〇〇人まで座れるわけですが、満席どころか観客席の外側や後方にも人が溢《あふ》れているため、実際には倍以上の領民がステージに来てくれたことになります。

有名な歌姫のコンサートとか、大きなサーカス団のショーとか、そういう楽しいイベントがあるならともかく、新米領主の挨拶という お堅い行事のために多くの人が集まってくれたのは、本当にありがたいことだと思います。

私は感謝の気持ちを込めて深々と頭を下げると、大きく息を吸い込みました。

そうしてゆっくりと話し始めました。

「ドラッセンの皆さん、こんにちは。このたびブレッシア領の領主になりました、フローラリア・ディ・ナイスナーです。といっても移民事業の時に何度も顔を合わせていますし、そもそもここにいるのは王都に住んでいた人ばかりですから、自己紹介は必要ないかもしれませんね」

私が冗談っぽい調子で告げると、人々のあいだから小さな笑いが起こりました。

張りつめていた空気が和らいでいきます。

いい感じですね。

これはご先祖さまが記録水晶に残していた言葉ですが、大勢の前で話す時の極意は『聞く側の緊張を解くこと』だそうです。

この調子で、言うべきことを言っていきましょう。

挨拶の内容としては二つあって、移民事業に協力してくれた皆さんへの感謝と、領主に就任するにあたっての抱負です。

これからドラッセンの街をどのように発展させていくつもりなのか。

領民の皆さんとしては興味のある話でしょうし、最初にきっちりと語っておくべきだと思います。

といっても、長々と喋《しゃべ》るのも迷惑になりますから、要点を三つに絞って説明しました。

一つ目、王都で暮らしていたころと同じか、それ以上に豊かな生活を提供する。

二つ目、ナイスナー王国だけでなく国外からも観光客を呼び寄せて、ドラッセンをさらに賑やかにする。

三つ目に入ろうとしたのですが、会場の雰囲気がちょっと怠《だ》れてきましたね。

スピーチで大切なのは、予定通りに話すことではなく、場の空気に合わせて柔軟に対応することです。

最後はサラッと流して締めくくりましょうか。

そんなことを考えていると、突如として異変が起こりました。

広場に巨大な影が差したのです。

人々のあいだに動揺……は走らず、代わりにワーッと歓声が上がりました。

というのも、上空に現れたのは巨大な赤い竜、つまりはリベルだったからです。

ドラッセンの皆さんにしてみれば、王都での魔物騒動をはじめとして今までに何度もリベルの竜としての姿を目にしていますから、いまさら恐れるようなものではないのでしょう。

リベルはゆっくりと羽搏《はばた》きながらステージに近づくと、人間の姿となって私の横に降り立ちました。

さっき言っていた『趣向』とは、竜の姿で登場することだったのでしょう。

「ドラッセンの者らよ、聞け。我が名は星海の竜リベルギウス、あらゆる精霊の王である」

大きく、よく通る声でリベルはそう告げました。

いつのまにか人々は静まり返り、彼の話にジッと耳を傾けています。

「我が今日、ここに立っていられるのは《銀の聖女》フローラに助けられたからこそだ。汝《なんじ》らの中にも、フローラの魔法に救われた者がおるだろう」

リベルの呼びかけに、多くの人が頷きました。

「我、そして地上のすべての精霊は、フローラがブレッシア領の領主となることを祝福する。この者の命が続くかぎり、汝らドラッセンの者たちに幸福と繁栄を約束しよう。……さて、フローラよ。話の途中で邪魔をしたな」

「いいえ、大丈夫ですよ」

むしろ場の空気を引き締めてくれたおかげで助かりました。

ナイスフォローです。

コホンと咳払《せきばら》いをしてから、あらためて広場の人々に語り掛けます。

「領主としての抱負の三つ目ですが、かつて人と精霊はよき隣人として共に暮らしていたそうです。すでに皆さんもネコ精霊をはじめとして、色々な精霊の姿を目にしていると思います。もしよければ、同じブレッシア領に住む仲間として受け入れてあげてください。私は領主として、この地を人と精霊が手を取り合って暮らしていける場所にしていければと思っています。……あっ、でも、おやつをあげる時は注意してくださいね。食べすぎるとお腹《なか》を壊しちゃうみたいですから。以上で私からの挨拶は終わりです。ご清聴、ありがとうございました」

話を終えたところで、私は深々とお辞儀をします。

会場は大きな拍手と歓声に包まれました。

◇　◇

ふう。

疲れましたね。

私はステージ裏に引っ込んだあと、近くにあった木製の安楽椅子にもたれるようにして腰掛け、深くため息を吐《つ》きました。

「お帰りなさいませ、フローラリア様。素晴らしいスピーチでした」

キツネさんが私のところにやってきて、丁寧な仕草で一礼します。

「ネコ精霊たちに領民の反応を調べさせていますが、好意的な反応ばかりのようです」

「ありがとうございます、安心しました」

どうやら領主としての初仕事は上々の形で終えることができたようです。

そういえばリベルはどこに行ったのでしょうか。

一緒にステージ裏に戻ってきたはずなのですが、気が付くと姿を消していました。

……と思ったら、向こうからやってきますね。

なぜか左右の手にそれぞれ『タイヤキ』を持っています。

タイヤキはご先祖さまの故郷を発祥とするワガシ《和菓子》のひとつで、小麦粉やふくらし粉、砂糖を混ぜた生地を焼き、そこに餡《あん》などを詰めたものです。

なぜタイヤキという名前かといえば、伝統的に、鯛《たい》を象《かたど》った金型で生地を焼くからですね。

「フローラ、見事であった。褒美にひとつ食べるがいい」

リベルは右手に持っているタイヤキを差し出しながら私に告げます。

餡がたっぷり入っているらしく、今にもはちきれそうなくらいふっくらしています。

「わざわざ買ってきてくれたんですか?」

「うむ。貨幣を使って物を買うのは初めてだが、なかなかに面白かったぞ」

私がタイヤキを受け取ると、リベルは満足そうな笑みを浮かべました。

「そういえば出店の店主から汝に伝言を預かっておる。『まだ若いのに、人前であんな立派に話ができるなんて大したもんだ。サービスに、餡を多めに入れとくぜ』——だそうだ」

リベルにもう少し詳しく話を聞いてみると、タイヤキ屋の店主さんは魔法で映し出された映像を通して、私がスピーチする姿を見ていたようです。

タイヤキを齧《かじ》ってみると、生地はカリカリ、餡はホクホクの甘々で、とっても満足のいく味わいでした。これは人気が出そうですね。

「おいしかったです。ごちそうさまでした」

「うむ。なかなかの美味であった。我ながらいい買い物をしたな。今回は『ツブアン』入りにしたが、他にも『コシアン』やカスタードクリームを入れたものもあったぞ」

「それは気になりますね」

「ならば後で案内しよう」

「よろしくお願いします、楽しみにしていますね」

私はリベルにそう返事をしたあと、キツネさんに視線を向けました。

「キツネさんも一緒に行きませんか？」

「いえいえ、ワタシのことはお気になさらず。ぜひともリベル様とご一緒にのんびりとお過ごしください」

「でもキツネさん、パレードの準備だけじゃなくて、スピーチの司会もしてくれましたよね。お礼にタイヤキをご馳走《ちそう》させてください」

「それはいい考えだな」

私の言葉に、リベルが深く頷きます。

「我としたことがフローラのことで頭が一杯になっておった。キツネよ、汝にも褒美を与えるべきだったな。許すがいい」

「とんでもありません、リベル様。こうして労《ねぎら》いの言葉をいただけるだけで十分でございます」

「遠慮することはない。そうであろう、フローラ」

「ですね。せっかくですから今すぐ行きましょうか」

私はそう言って安楽椅子から立ち上がると、キツネさんを抱え上げました。

「フ、フローラリア様！　わ、ワタシは一人で歩けます！」

「でも、キツネさんって放っておいたら逃げちゃいそうじゃないですか。……わ、尻尾、すごくモフモフですね。気持ちいいです」

「……ありがとうございます」

おや。

キツネさん、なんだか急にぶっきらぼうになりましたね。

「ククッ、照れておるのだろう」

リベルがニヤリと笑みを浮かべながら私に告げます。

「策謀家のキツネもフローラには弱いようだな。さて、行くとしよう」

◇　◇

タイヤキ屋さんは広場の入口近くにあって、リベルが言っていたように、さまざまな味のタイヤキが売られていました。

ツブアン、コシアン、カスタードクリームなどなど――。

カレー味という変わり種もあって、キツネさんはそれを注文していました。

「実はワタシ、油っこいものが好みなのです」

キツネには油揚げって昔から言われてますもんね。

今度、イナリズシを差し入れしてみましょうか。

ちなみに私とリベルはコシアン入りのタイヤキを注文して、さっき食べたツブアンとの違いを話し合っていました。

「ツブアンはつぶつぶの食感が面白いんですよね」

「我はコシアン派だな。滑らかな口触りがよい」

このあたりって結局は個人の好みですよね。

だからこそ延々と喋っていられる、というのもあるでしょう。

ご先祖さまの手記によると、故郷のニホンでも「ツブアンか、コシアンか」は定番の話題だったようです。

ちなみに私はどっちも好きですが、どちらかといえばツブアン派です。

こればかりはリベルが相手でも譲れませんね。


さてさて。

領民の皆さんへの挨拶も終えましたので、今日の仕事はひとまず完了です。

私は街の視察も兼ねて、リベルと一緒にお祭りを回ることにしました。

キツネさんは別の用事があるらしく、ここからは別行動のようです。

「それでは失礼いたします。フローラリア様。タイヤキ、ごちそうさまでした」

「いえいえ。また食べに行きましょうね」

「光栄です。楽しみにしております」

キツネさんは丁寧な仕草で一礼すると、ポン、と白い煙を残してその場から消えてしまいました。

「それじゃあ行きましょうか、リベル」

「うむ。はぐれぬように気を付けるがいい」

私はリベルと一緒に広場を離れ、大通りに向かいました。

遠くからはプォーという伸びやかなトランペットの音が聞こえてきます。

ネコ精霊たちの音楽隊がどこかで演奏をしているのでしょう。

通りには人が溢れ、道の左右にはずらりと露店が並んでいます。

食べ物のお店がほとんどですが『キンギョスクイ』や『ヨーヨーツリ』、それから『シャテキ』もありますね。

「領主様、よかったら遊んでいきませんか？」

ちょうどキンギョスクイの屋台の前を通りかかったところで、店主の女性に声を掛けられました。

「先程のご挨拶、素敵でしたよ。ご就任のお祝いにサービスしますから、ぜひぜひ」

「ありがとうございます。リベルもどうです？」

「我はここで見守っておこう。汝の腕前がどれほどのものか、楽しみにしておるぞ」

「ふふん。きっとびっくりしますよ」

私は店主の女性からポイ（針金の枠にワシ《和紙》を張ったもの）を受け取ると、大きく息を吸い込み、意識を集中させます。

キンギョスクイは得意ですよ。

久しぶりですから、ちょっと腕は鈍っているかもしれませんけどね。

気が付くと、周囲にはちょっとした人だかりができていました。

ざわ……、ざわ……と囁《ささや》き合う声が聞こえます。

「領主様、なんだか普段と空気が違うぞ」

「まるで熟練の漁師みたいな目をしてるわね」

「フローラリア様、頑張ってください！」

たくさんの視線を感じます。

領主として無様なところは見せられませんね。

私は水槽の中を泳ぐ金魚たちの動きを見て目星をつけると、一気に右手を動かしました。

一匹、二匹、三匹、四匹、五匹、六匹――。

「すげえ……！　領主様にこんな特技があったなんて……！」

「ポイの動きが見えなかったわ。なんて速さなの……⁉」

「フローラリア様、かっこいい……！」

周りの人たちが驚きの声を上げます。

まだまだ、こんなものじゃないですよ。

私は手首をくるりと回して関節の緊張をほぐすと、さらに七匹、八匹、九匹と掬《すく》い上《あ》げます。

そして一〇匹目を捕らえようとしたところで、ポイに張られたワシが破れてしまいました。

あぁ、という嘆きの声が人々の間から漏れました。

「次で一〇匹だったか。惜しかったな、フローラ」

リベルが慰めるように声を掛けてきます。

ですが――

「まだです！」

ワシの残っている部分と、ポイの枠に引っ掛けるようにして一〇匹目を掬い上げます。

成功するかどうかは五分五分でしたけど、うまく行きましたね。

私は思わず右手でグッとガッツポーズをしていました。

それと同時に、ワッと歓声が上がりました。

「領主様、お上手ですね！　わたし、びっくりしました！」

店主の女性が感極まった様子で飛びついてきます。

「手がパパパパパッ、って動いたら金魚がどんどん掬われていって、きゃー！　きゃー！」

「お、落ち着いてください。大丈夫ですか？」

「こんなの落ち着いてられませんよ！　ですよね、みなさん！」

女性の呼びかけに、周りの人々は一斉にコクコクと頷きます。

「いいもん見せてもらったぜ。ありがとうな、領主様。……オレも一回、挑戦してみるかな」

「わたしも久しぶりにやろうかしら」

「店主さん！　あたしもお願いします！」

おっと。

なんだか予想外の展開になってきましたよ。

見物していた人たちが次々にキンギョスクイを始めたのです。

たちまち屋台は大盛況となりました。

それだけではありません。

にぎやかな雰囲気が呼び水となって、ネコ精霊たちがやってきたのです。

「きゅぴーん！　たのしそうなよかんがするよ！」

「あっ、フローラさまだー」

「なにがあったのー？」

うーん、どう説明したものでしょうか。

私が言葉に困っていると、リベルが代わりに答えました。

「フローラがキンギョスクイをやっておったのだが、あまりに見事な手並みだったからな。それに影響されて、周囲の者たちが我も我もと後に続いておるのだ」

「フローラさま、すごい！」

「ふるふる、いんふるえんさー！」

「ぼくたちで、もっともりあげよう！」

「「「おー！」」」

ネコ精霊たちは一斉に声を合わせると、ちょこまかと動き始めます。

店主の女性とも相談していますね。

いったい何を始めるつもりなのでしょうか。

「みんな、おしらせだよ！」

「しょうひんは、えっと……」

「たくさんすくったら、すてきなしょうひんがもらえるよ！」

どうやら考えていなかったらしく、そこで言葉が途切れてしまいます。

ネコ精霊はキョロキョロと周囲を見回し、やがて隣の露店に目を向けると「あっ！」と声を上げました。

その露店では水彩画を扱っており、どの絵も街や自然の風景が温かいタッチで描かれています。

さらに、その場での似顔絵も受け付けているみたいですね。

店主は白髪のおじいさんで、ネコ精霊の視線に気づくと、自分から声を掛けてきます。

「ネコさんや、どうしたんだい」

「えっとね、うんとね」

ネコ精霊はおじいさんのところに駆け寄ると、大会の賞品として優勝者の似顔絵を描いてほしい、と頼みました。

「ワシはかまわんよ。とはいえ、賞品にしては地味すぎんかのう」

「だいじょうぶ！　ぼくにかんがえがあるよ！」

そう言ってネコ精霊は私たちのところに戻ってきます。

「フローラさま、ゆうしょうしたひとといっしょに、にがおえのもでるになってほしいよ！」

「それって賞品になるんですか？」

友人や恋人ならともかく、別に親しいわけでもない他人が一緒に描かれた似顔絵とか、まったく嬉《うれ》しくないと思うのですが、どうなのでしょう。

……おや？

なんだか場の空気が変わりましたよ。

「領主様と、いや『銀の聖女』様と一緒に描いてもらえるだって？」

「すごくご利益がありそう……。家に飾ったら、お母さんの病気が治るかしら」

「これは負けられないです！　頑張ります！」

いやいやいや。

皆さん、どうしてそれで盛り上がっちゃうんですか。

あと、普段から言ってますけど、私は聖女じゃないですよ。

ご利益というなら、それこそリベルと一緒に描いてもらったほうがいいと思います。

なにせ女神テラリス様の眷属《けんぞく》で、精霊の王様ですからね。

「クハハハハッ！　フローラ、よいではないか。皆が汝《なんじ》を慕っておる証拠だ。領主として寛大な気持ちで引き受けてやるといい」

確かに、まあ、言われてみればそうかもしれません。

ただ、私は普通の人間ですからね。

似顔絵にご利益はないと思いますよ。

かくしてキンギョスクイ大会の優勝賞品は『領主と一緒に似顔絵を描いてもらえる権利』となり

ました。

さらには他の露店も次々に賞品の提供を申し出てくれまして、おかげで場の空気はさらにヒートアップし、かつてないほど激しいバトルが繰り広げられることになりました。

優勝したのは十二匹を掬い上げたお姉さんです。

さっき「すごくご利益がありそう」と言っていた人ですね。

これは後で聞いた話ですが、私の姿が一緒に描かれた似顔絵を家に飾ったところ、家で寝込んでいた病気のお母さんがあっというまに元気になったそうです。

……まあ、たぶん偶然だと思いますけどね。

◇　◇

キンギョスクイ大会が終わったあと、私とリベルはその場を離れました。

おや。

向こうに人だかりができていますね。

ちょっと行ってみましょうか。

好奇心に駆られて覗《のぞ》いてみれば、そこではタヌキさんがポンポコポンとお腹《なか》を叩《たた》いてリズムを取り、それに合わせてピエロに扮《ふん》した大道芸人さんが玉乗りやジャグリング、パントマイムなどの技を披露していました。

どれも見事な腕前で、ついつい見入ってしまいます。


「ほう。面白い芸だな」

「上手ですね。……でも、どうしてタヌキさんがお手伝いをしているんでしょう」

パフォーマンスが終わったあとにでも、大道芸人さんに話を聞いてみましょうか。

「自分はあちこちを旅しながら芸をやっているんですが、普段は妻がアシスタントを担当してくれているんです」

大道芸人さんは最初にそう言いました。

よく見ると、左手の薬指に結婚指輪を嵌《は》めていますね。

ツヤツヤに輝いていて、日頃、きちんと手入れされていることが分かります。

「実は三日前、妻が妊娠していることが分かりまして、今日は宿で休んでいるんです。もちろん妻のことは心配でしたが、生まれてくる子供のためにも稼ぐ必要がありますし、自分ひとりで街に出てパフォーマンスを始めたんです。ただ、どうにも調子が出なくて……そこにタヌキさんが来てくれたんです」

「すごく困ってるみたいだったから、おてつだいしたよ」

「おかげで助かりました。普段よりも稼げましたし、感謝してもしきれません。ありがとうございました」

「いえいえ。フローラさまなら、こうするかな、っておもっただけだよ」

「……私ですか？」

ここで自分の名前が出てくるとは思っていなかったので、ちょっとビックリです。

大道芸人さんは私のほうに向き直ると、こう言いました。

「フローラリア様のお噂《うわさ》はかねがね伺っております。『銀の聖女』様が領主になったという話を聞いてドラッセンに来てみましたが、ここは本当にいい街ですね。皆、明るい顔をしています。それに精霊たちも可愛《かわい》らしい。子供もできたことですし、職を見つけてここに住もうかな、と考えています」

おおっ。

それは嬉しいですね。

王都からの移民事業は終わりましたけれど、人を受け入れる余裕はまだまだあります。

この街の一員になってくれるのは大歓迎です。

それを伝えると、大道芸人さんはとても喜んでくれました。

今日にも奥さんに相談してみるそうです。

うまくいくといいですね……！


その後もしばらくお祭りを見て回り、夕暮れ時になってきたあたりで引き上げることにしました。

ドラッセンの西には領主の屋敷がありますので、そちらに向かいます。

昨日までガルド砦《とりで》で生活していましたから、屋敷で寝泊まりするのは今日が初めてです。

荷物はすでに運び込まれ、実家から使用人の皆さんに来てもらっていますが、どんな雰囲気になっているでしょうか。

ちょっと楽しみですね。

あ、屋敷には徒歩で移動することにしました。

途中、出店でタコヤキとかヤキソバとか、色々と食べちゃいましたからね。

ちょっと運動しておかないと体重が恐ろしいことになりそうです。

街の中心部を離れ、西の閑静な住宅街に入ります。

住民の方々と挨拶を交わしながら進んでいくと、遠くに、煉瓦造《れんがづく》りの大きな屋敷が見えました。

敷地は背の高い生垣に囲まれており、空でも飛ばないかぎりは中を覗くことはできないでしょう。

「ここが汝の新たな住居か。よい雰囲気だな」

リベルはしげしげと屋敷を眺めながら呟《つぶや》きます。

「精霊の気配もある。すでに何匹か来ているのだろう」

「ミケーネさんやキツネさんが先回りしているのかもしれませんね」

そんな話をしているうちに私たちは黒塗りの大きな門の前に到着しました。

左右には警備のために騎士の方が一人ずつ立っており、私とリベルに気付くと、姿勢を正して声を上げました。

「フローラリア様！　リベル様！　お帰りなさいませ！」

「ただちに門をお開けいたします。少々お待ちください」

二人の騎士さんはクルリと回れ右をすると、門をゆっくりと押し開いていきます。

「お待たせしました。どうぞお入りくださいませ」

「使用人たちも首を長くしてフローラリア様とリベル様のことをお待ちしております。早く元気なお姿を見せてやってくださいね」

「ありがとうございます。見張り、頑張ってくださいね」

「承知しました！」

「光栄です！　ありがとうございます！」

二人の騎士さんはピシッと敬礼をして私たちのことを見送ってくれます。

ここから屋敷の玄関までは一本道です。

道の左右には花壇があり、たくさんのチューリップが植えられていました。

赤、白、黄色――色彩豊かに咲き誇っており、目を楽しませてくれます。

屋敷の入口に辿《たど》り着《つ》くと、内側から扉が開かれます。

玄関ホールにはずらりと使用人さんやメイドさんたちが並んでおり、私とリベルに向かって一斉に頭を下げました。

「お帰りなさいませ、お嬢様、リベル様。屋敷の使用人一同、お待ち申し上げておりました」

そう言って声を掛けてきたのは、ロマンスグレーの髪がまぶしい長身の老執事さんです。

名前はセバスチャンといい、代々、我が家に仕えてくれている一族の方です。

私は普段、短く略してセバスと呼んでいますね。

もともとはナイスナー家の屋敷で執事長を務めていましたが、私がブレッシア領の領主に就任するにあたり、お父様の指示でこちらに来てくれました。

「お嬢様、祭りはいかがでしたか？」

「とても楽しかったです。あ、金魚鉢ってありますか？」

「三つほど。……久しぶりに腕を振るわれましたか」

「ええ、そんなところです」

セバスとは長い付き合いですからね。

私がキンギョスクイを得意としていることも、小さいころ、近くでお祭りがあるたびに屋台を荒らしまわっていたことも、すっかり把握しているはずです。

「金魚はネコ精霊に預けていますから、受け取ったら金魚鉢に入れておいてください」

「承知いたしました。……ところでフローラリア様、恐れながらひとつよろしいですか」

「なんですか？」

「飼い猫が金魚を食べてしまった、という話はそれなりによく耳にします。もちろん精霊と動物は違うとは思いますが、大丈夫でしょうか」

「あっ」

「……可能性はあるな」

隣でリベルが小声で呟きました。

「我も気付くべきであったな。うっかりしておった。許せ、フローラ」

「いえいえ、まだ食べたと決まったわけではありませんから」

「──大丈夫だよ！」

ミケーネさんの声が頭上から聞こえました。

いったいどこにいるのでしょう。

キョロキョロと見回せば、玄関ホールを照らすシャンデリアの上にミケーネさんが立っていました。なかなかのバランス感覚です。

「ミケーネさん、そんなところにいたら危ないですよ」

「わかった！　降りるね！」

ミケーネさんは即答すると、シャンデリアから何のためらいもなく飛び降りました。

えええええええっ⁉

聞き分けがいいのは素晴らしいことですけど、さすがに時と場合というものが、あわわわわ……。

私は慌てて両手を差し出して、落ちてくるミケーネさんを受け止めます。

「フローラさま、ナイスキャッチ！」

「あ、ありがとうございます。……もう、びっくりさせないでください」

「ごめんね！　あと、金魚はぼくが受け取ってきたよ！」

そう言ってミケーネさんは布製の水袋をどこからともなく取り出しました。

中を覗《のぞ》き込《こ》んでみれば、金魚たちが水の中を元気そうに泳ぎ回っていました。

「一匹、二匹、三匹──。一〇匹、ちゃんと揃《そろ》ってますね」

「うん！　ぼく、つまみ食いしてないよ！　……じゅるり」

なんだかミケーネさんの目つきが肉食獣っぽくなっています。

このままだと危険なことになりそうなので、水袋を受け取って、そのままセバスに渡します。

「では、金魚鉢にお願いします。それからミケーネさんに食事の準備を」

「承知いたしました。……魚料理でよろしいでしょうか」

「そうですね。たっぷり食べさせてあげてください」

「わーい！　フローラさま、ありがとう！」

ミケーネさんは嬉しそうに声を上げると、すりすり、と私の腕に頬《ほお》ずりしてきます。

毛並みがモコモコして気持ちいいですね。

私は思わず、くすっ、と笑みを零《こぼ》していました。


日中はお祭りで色々と食べてしまったので、私とリベルの夕食は軽めにしてもらいました。

セバスに食堂へ案内してもらい、椅子に腰かけてしばらく待っていると、お茶碗《ちゃわん》が二つ、私たちのところへ運ばれてきます。

お茶碗の中には白米が入っており、その上に焼き鮭《サーモン》や山菜、ワサビが綺麗《きれい》に盛り付けられています。

「お嬢様、リベル様。それでは失礼いたします」

セバスはそう言って急須を掲げるとお茶碗に向かってコポポポ……とお茶を注いでくれます。

これはナイスナー家に伝わる伝統料理のひとつ『オチャヅケ』です。

お茶碗から白い湯気が立ち上り、焼き鮭やワサビのいい香りが鼻の奥まで届きます。

食欲が刺激されますね。

「では、ごゆっくりお召し上がりください」

セバスは一礼するとサッと後ろに下がります。

私とリベルは視線を合わせて互いに頷《うなず》くと、同時に「いただきます」と言いました。

「なんだか落ち着く味ですね」

「昼間は味の濃いものばかり食べておったからな。このくらいの塩気がちょうどいい」

ちなみにリベルのオチャヅケはワサビ抜きになっています。

鼻にツーンとくる感じが苦手なんだとか。

私はむしろそれが好きなんですけどね。

食事が終わったあとはデザートの『サクラモチ』を摘まみながら、今日のお祭りを振り返ることにしました。

「就任の挨拶、うまくいってよかったです」

「会場にいる者たちの反応も上々だったな。うむ、素晴らしいことだ」

「リベルのおかげですよ」

と、私は告げます。

「最後のほうに竜の姿で来てくれましたよね。かなりビックリしましたけど、会場の皆さんにとってもいいサプライズになったと思います」

「そうであろう、そうであろう」

ふふん、と得意げにリベルは鼻を鳴らします。

「我は精霊王、つまりは王だからな。演説の極意は心得ておる」

「と、言いますと……？」

「聞いている者たちを驚かせることだ。話の途中にひとつ、汝《なんじ》が言うところのさぷらいずを用意すればよい。それだけで場の空気は引き締まる」

「記憶にも残りますよね」

「その通りだ。どれだけ話の内容を練り込もうと、忘れ去られてしまっては意味がない」

リベルはそう言って、フッと口元に微笑を浮かべます。

「汝は今回、何日もかけて挨拶を考え、うまく話せるように練習を重ねてきた。せっかく努力したのだから、多くの者たちの記憶に残る演説になったほうがよかろう。……まあ、余計な世話だったかもしれんがな」

「そんなことないですよ。とっても助かりました」

実際、話の後半はちょっと場の空気が怠《だ》れていましたからね。

リベルはそれをリセットして、会場の皆さんの興味を大きく引き付けてくれたわけですし、私としては本当にありがたく感じています。

挨拶が終わったあとも、街のあちこちで話題になっていましたしね。

記憶に残すという意味でも大成功だったと思います。

食後は少しのんびりしてからお風呂に入ることにしました。

さて。

ここでちょっと自慢をさせてください。

実はこの屋敷、敷地内に温泉があるんです。

しかも露天風呂です。

ふふん。

まあ、私が指示したわけじゃなくて、ネコ精霊たちがいつのまにか作っていただけなんですけどね。

ミケーネさんに「フローラさま、温泉作ってみたよ！　おうちにあるよ！」と言われた時は、あまりにビックリして変な声を出してしまいました。

ふぇっ⁉　って。

横で聞いていたリベルは爆笑していましたね。

……思い出すと恥ずかしくなってきました。

えっと。

それはさておき、お風呂です、お風呂。

温泉はお肌にいいという話もありますし、湯船でのんびり休みましょうか。

◇　◇

のんびりしすぎて、のぼせました。

……うう。

我ながら何をやっているんだ、って感じですね。

私、なんだかネコ精霊に似てきたかもしれません。

そそっかしいというか、なんというか……。

昔はもうちょっと落ち着いた性格だったはずなんですけどね。

『おねえちゃん、だいじょうぶ？』

今、私は自分の部屋のベッドで休んでいます。

すぐ近くには聖杖ローゼクリスがプカプカと浮かんでおり、魔法の力によって冷風をこちらに送ってくれています。

涼しくて気持ちいいですね。

ローゼクリスは女神テラリス様が神樹から生み出した聖なる杖《つえ》で、とても大きな力を秘めています。具体的には、王都を包む瘴気《しょうき》をあっというまに浄化したり、弟神ガイアスの生み出した『世界の傷』を消し去ったり、あと、私がフォジーク王国からの独立を宣言した時は、その声を城下の人たちに届けていましたね。

外見としては樹木の枝が絡み合ったような形をしており、先端には赤色の水晶玉が取り付けられています。

『ねえねえ、おねえちゃん』

先程からローゼクリスが声を発するたび、水晶玉がピカピカと輝きを放っています。

人間にあてはめるなら、口を動かす動作にあたるのでしょうか。

『おまつりはどうだった？』

「賑やかで楽しかったですよ。久しぶりにキンギョクスクイもできましたし」

私は棚の上に置いてある金魚鉢に目を向けました。

その中では三匹の金魚たちが元気そうに泳いでいます。

あっ、他の金魚たちも無事ですよ。

残りの七匹は別の金魚鉢に分けられ、玄関ホールやリベルの部屋に飾られています。

ネコ精霊に食べられちゃったわけじゃないから安心してください。

そのあともしばらくローゼクリスと今日の思い出話をして、だんだんと眠気がやってきたところで部屋の明かりを落としてもらうことにしました。

ちょっと早いですけど、明日からは領主としての仕事が本格的に始まるわけですし、しっかりと体力を蓄えておきましょう。

おやすみなさい、よい夢を。

第二章　温泉水で特産品を作ります！

おはようございます、フローラです。

昨夜はずっと温泉に入っていたせいでのぼせてしまったわけですが、その甲斐《かい》（？）もあってか肌の調子がいいような気がします。

屋敷で働いているメイドの皆さんも「ドラッセンで暮らすようになってから肌がキレイになった」と口々に言っていますし、美肌効果があるのかもしれません。

今日の予定ですが、午前には行政区の視察を入れています。

街の行政がきっちり機能しているかチェックするのは、領主として大切なことですからね。

「それではお嬢様、いってらっしゃいませ」

セバス、そして使用人の皆さんに見送られ、私は屋敷を出ます。

外には青空が広がり、燦々《さんさん》とした朝日がこちらを照らしていました。

私は、うーん、と大きく背伸びをしました。

風も気持ちいいですし、なんだか素敵なことが起こりそうな予感がします。

色とりどりのチューリップに挟まれた小道を抜けて門のところに向かうと、そこにはリベルの姿がありました。

背中を壁に預け、軽く瞼《まぶた》を閉じています。

寝ている……って感じではないですね。

何をしているのでしょうか。

足音を立てないようにそっと近づいていくと、リベルが瞼を開け、こちらを向きました。

「フローラか。待っておったぞ」

「何をしているんですか？」

「風の音を聞いていた。我にとって風は友のようなものだからな」

リベルのその言葉に応えるように、ヒュ、と強い風が吹き抜けました。

「どうやら今日は風も機嫌がいいらしいな。……ふむ」

リベルは何かに気付いたように声を上げると、右手をこちらに伸ばしてきます。

私はほとんど反射的に、ちょっと頭をリベルのほうに傾けていました。

いやいや。

何をしているんですか、私。

撫《な》でてもらうことなんか期待してないですよ。

本当です。信じてください。

私が内心でアワアワしているあいだに、リベルは右手で私の髪に触れ、何かを取るような動作をしました。

「これが汝の髪に付いておった。先程の風で運ばれてきたのだろう」

そう言ってリベルが見せてくれたのは、薄桃色の小さな花弁でした。

どうやら近くで桜が咲いているみたいですね。

「風の贈り物、といったところでしょうか」

「かもしれん。だとすれば、風も小粋なことをするものだ」

リベルはククッと笑いながら桜の花弁を懐に入れました。

「さて、戯れはここまでにしておくか。領主の仕事があるのだろう？」

「そうですね。じゃあ、行ってきます」

「何を言っておる。我も同行するぞ」

「いいんですか？」

「当然であろう。我は汝の守護者だからな」

「ありがとうございます。では護衛、よろしくお願いしますね」

「うむ。任せるがいい」

というわけで、私はリベルと一緒に行政区へ向かうことになりました。

移動は馬車でもいいのですが、時間に余裕がありますし、街の様子も見ておきたいので徒歩を選びました。

領主の屋敷はドラッセンの西側に位置していますが、このあたりは住宅街となっています。

東側には大通りを中心とした商店街が広がっています。

行政区は街の南側ですね。

新築の庁舎に足を踏み入れると、文官の方々が出迎えに来てくれました。

「ようこそフローラリア様。わざわざお越しいただき、誠に恐縮です」

「いえいえ、お忙しいところ邪魔をしてすみません。今日はよろしくお願いしますね」

私はぺこりと頭を下げます。

ちなみに行政区ではネコ精霊たちも働いており、伝書ネコとして書類を運んだり、リラクゼーションションアップ係としてモフモフの毛並みで文官さんたちに癒《いや》しを与えています。

「あっ、フローラさまだ！」

「ぼくたちもおしごとしてるよ！」

「くじごじ、おひるねいちじかん！　ホワイトなしょくばだよ！」

ネコ精霊たちは今日も元気ですね。

楽しそうに働いているみたいでなによりです。

文官さんたちのほうはどうでしょうか。

「ドラッセンは出来たばかりの街ですから、仕事も多いですけれど、毎日が充実しています。なにより、定時にきちんと帰れるのが嬉《うれ》しいですね」

「庁舎を出たあと、ちょっと寄り道して居酒屋に寄るんですよ。サシミを摘まみながらの酒がうまいのなんのって……」

「フォジーク王国の宮廷で働いていたころよりも給料が上がったんです。おかげで妻にも贅沢《ぜいたく》をさせてやれます。本当にありがとうございます」

どうやら今のところ、大きな問題はなさそうですね。

ただ、不満の種というのは見落としやすいところに転がっているものですし、注意しながら視察を続けていきましょう。

私は庁舎のあちこちを回り、各部署の業務内容やその進捗について話を聞いていきます。

もちろん、きちんとメモを取ってますよ。

聞いただけだと忘れちゃいますからね。

「フローラ。汝《なんじ》は真面目だな」

「自分の街のことですからね。無責任はダメだと思うんです」

「結構なことだ。そのまま励むがいい」

リベルは穏やかな表情で頷きながら、私の隣に付き添っています。

……なんだか周囲の視線が温かいですね。

「あの二人を見ていると、なんだか和むわね」

「フローラさまとリベルさまは、とってもなかよしなんだよ！」

「いい相手、どこかにいないかしら……」

なんだかよく分かりませんが、出会いに困っている人がいるようです。

むむっ。

不満の種を発見ですね。

よく考えてみると、文官の仕事というのは人間関係が狭くなりがちですし、そこは改善の余地があるかもしれません。

ご先祖さまの故郷に伝わる風習のひとつ、『コンカツパーティ』をいずれ実施してみましょうか。


視察を終えたあと、私は庁舎の二階にある領主の執務室に向かいました。

時刻はすでに正午を回っています。

庁舎内のカフェはかなり混みますし、私がいるとリラックスできないでしょうから、ネコ精霊に頼んで執務室に届けてもらうことにしました。

「こんにちは、にゃんばーいーつです！」

「できたて！　おとどけ！　くびったけ！」

「ほんじつ、フローラさまがいただくのは、こちら！」

じゃじゃじゃじゃじゃーん。

どこからともなく謎の音楽が鳴り響きます。

まあ、このくらいでは驚きませんよ。

ネコ精霊の周りでは不思議なことが色々と起こるものですからね。

私もそろそろ慣れてきました。

ネコ精霊たちが持ってきてくれたのは、大皿に載ったサンドイッチです。

ひとつひとつは小さいですが、それぞれに色々な具が挟まれています。

分厚い卵焼き、あるいは、みずみずしいレタスにトマト、ベーコンなどなど。

形が崩れないよう、ひとつひとつに『ツマヨウジ《爪楊枝》』が刺さっていました。

こういう心遣いって嬉しいですよね。

「たべおわったら、そのままにしておいてね！」

「あとでとりにくるよ！」

「ごゆっくりおめしあがりくださいなー」

ネコ精霊たちはサンドイッチを載せた皿をテーブルの上に置くと、連れ立って執務室から出ていきました。

「まったく、賑《にぎ》やかなことだ」

「いつも楽しそうですよね。いいことだと思いますよ」

私たちは苦笑しつつ、テーブルを挟んで向かい合わせでソファに腰掛けます。

「では、食べるとしようか」

「そうですね。――いただきます」

さて、最初はどのサンドイッチにしましょうか。

色々な種類があるので悩ましいところですが、まずは野菜が欲しかったので、レタス、トマト、ベーコンの三つを挟んだサンドイッチにしました。

もぐもぐ、もぐもぐ……。

これはなかなかの逸品ですね。

なんだか食通みたいなコメントになってしまいましたが、パンはふかふか、レタスはシャキシャキ、トマトはジューシーな歯応えがたまりません。

ベーコンは噛《か》むたびに肉と脂の旨味が溢《あふ》れ出《だ》し、とても幸せな気分にさせてくれます。

はう、と至福のため息を吐《つ》いていると、リベルが口元に微笑を浮かべたままこちらを眺めていることに気付きました。

「私の顔、何か付いてますか？」

「そういうわけではない。先程から汝の表情がくるくると変わっておるからな。見ていて飽きん」

「もしかして私、また珍獣扱いされてますか」

「さて、どうだろうな」

リベルは肩を竦《すく》めると、卵焼きのサンドイッチを手に取りました。

そのまま口に運びます。

「うむ。よい味だ。卵焼きが温かいのも評価点だな」

「じゃあ、先に食べた方がよさそうですね」

冷めちゃったらもったいないですからね。

温かいものは温かいうちに、冷たいものは冷たいうちに。

我が家に古くから伝わっている、食事についての格言です。

◇　◇

食後、私たちはソファでくつろぎながら視察の感想を交わすことにしました。

「ひとまず、給料や労働時間についての不満はなさそうでしたね」

「その点については喜んでいる者ばかりだったな。環境としては問題ないだろう」

「行政もきちんと機能しているみたいです。ただ……」

「どうした？」

「観光の振興を担当している文官さんが言ってたんです。ドラッセンには温泉という目玉があるけれど、対外的なアピールがまだまだ弱い、って」

今のところは「新しく作られた温泉街」という話題性もあって観光客もそれなりに訪れていますが、二年後、三年後はどうなるか分かりません。

昨日のスピーチでは、今後の抱負のひとつとして観光客を増やすことを宣言しましたから、目標を達成するためにも早めに手を打つべきでしょう。

文官さんの意見としては『ドラッセンといえばコレ！』という特産品が欲しい、とのことでした。特産品があれば観光客のお土産にもなるし、各地の商店に置いてもらうだけでも街の宣伝に繋がりますからね。

ただ、具体的にどんな品をアピールしていくのか、その部分が決まっていません。

文官さんも知恵を絞ってくれていますが、いい案が出なくて困っているようです。

「リベルは何か思いつきませんか？」

「ふむ……」

小さく唸《うな》ると、リベルは腕を組んで考え込みます。

「なかなか難しいな。少なくとも今は思いつかん」

「私も同じです。午後は予定もありませんし、街を歩きながら考えてみましょうか」


私とリベルは庁舎を出ると、行政区を離れて街の東側に向かいました。

この一帯は商業区になっており、大通りを中心として商店街が広がっています。

ただ、昼下がりということもあってか、人はそんなに多くないですね。

お客が来ないのをいいことに店主がお昼寝をしている店もありますし、全体的にゆったりとした空気が漂っています。

まずは観光客向けにお土産を扱っている店に行ってみましょう。

店先を覗《のぞ》いてみれば、そこには木彫りの像が色々と並んでいました。

イヌやネコ、クマ、フクロウなどなど、動物を象《かたど》ったものが多く、どれも可愛らしくデフォルメされています。

手作りの温かみというものが感じられて、眺めているだけで心がぽわぽわと和みますね。

せっかくですし、ひとつ買って帰りましょうか。

私がそんなことを考えていると、白髪のおばあさんが店の奥からやってきました。

「あれま、フローラリア様じゃねえですか。いらっしゃい、いらっしゃい」

「こんにちは。お店の方ですか？」

「んだ、んだ。ここはワシと爺《じい》さんの二人でやってとってね。フローラリア様のおかげで儲《もう》けさせてもらって、本当に感謝しとるよ。ありがたや、ありがたや」

「いえいえ。お店が順調そうでなによりです。お客さんにはどんなものが人気なんですか？」

「やっぱり木彫りの像かねえ。ウチの爺さんの彫ったもんだけど、外からのお客さんだけじゃなくて、街の人も買っていくでね」

「そうなんですか？」

ちょっとビックリです。

観光客だけじゃなくて、住民の皆さんにも売れているなんて、最近のドラッセンでは木彫りの像がブームなのでしょうか。

こういうのは庁舎に籠っていても分からないことですし、街に出た甲斐《かい》があったと思います。

他の店でも木彫りの像が売れているようなら、街をあげてバックアップしてもよさそうですね。

「おや」

ふと、おばあさんが声を上げました。

その視線は、木彫りの像が並んでいる台に向けられています。

「ワシとしたことが、うっかりしてたねえ。せっかくフローラリア様が来てくれたのに、アレを並べ忘れるなんて、失礼しちまったよ」

おばあさんは慌てた様子で店の奥に引っ込んでいきます。

いったいどうしたのでしょう。

リベルと顔を見合わせていると、おばあさんが大きな竹籠を抱えて戻ってきます。

「ウチで人気なのはこれでねえ。店先に置いとくだけで、ビックリするくらい売れるんだよ。本当に、フローラリア様のおかげだねえ」

そう言いながらおばあさんが並べ始めたのは、木彫りの像、というか人形でした。

造形としてはスカートを穿いた女の子で、髪は長く、左側には月と星を組み合わせた意匠の髪飾りが付いています。

あれ？

なんだか見覚えのある姿ですね。

いやいや、ちょっと待ってください。


これ、私じゃないですか⁉


リベルも同じことに気付いたらしく、ニヤリと面白がるような笑みを浮かべると、店主のおばあさんに声を掛けました。

「店主よ。この像はいったい誰を象ったものなのだ？」

「そりゃあもちろん、フローラリア様ですだ」

店主のおばあさんはニコニコと人のよさそうな笑顔を浮かべながら頷きます。

「ここは王都よりも住みやすいし、ワシの好きな温泉もありますでね。こんないい場所に住まわせてもらった感謝を込めて、フローラリア様の像を作らせてもらっとるんですよ。そうしたら、これがまた飛ぶように売れるんですわい」

「なるほど。まさに、フローラのおかげで儲けさせてもらっている、ということか」

「んだ、んだ。おかげさんで、老後も安泰ですわい。ありがたや、ありがたや……」

「ククッ、実に素晴らしい話ではないか。そうは思わんか、フローラ」

「……ええと」

これ、どう返事すればいいんでしょうか。

そもそも自分をモデルにした像が作られて、しかもそれが大ヒットで売れているとか、あまりにも予想外すぎて、頭がまったく追い付いていません。

さらに追い打ちをかけるように、おばあさんが言いました。

「ワシの聞いた噂《うわさ》じゃ、フローラリア様の像を家に置くと、病気が治るとか、安産になるとか、あとは魔よけになるとか言われておりますわい」


その後、いくつかのお店を見て回ったところ、とんでもない事実が発覚しました。

ヒット商品がひとつ出ると、後追いの類似品が山のように出てくるのが商売の世界というものですが、それはドラッセンの商業区も例外ではありませんでした。

私のぬいぐるみとか、リベルの頬《ほお》にある紋章を描いた上着とか、他にも、竜の手に乗っている私の姿を描いた油絵も売られていました。

「……この絵を描いたのは誰だ」

街角の雑貨店を覗いた時のことです。

壁際の額縁に飾られた油絵をジッと眺めながらリベルが呟《つぶや》きました。

すると、ボサボサの髪をした細身の男性が慌てて駆け寄ってきます。

いかにも芸術家っぽい雰囲気ですが、どうやら油絵の作者さんのようです。

「あのお、わたしの絵に何か問題でも……？」

「問題はない。フローラだけでなく、我の姿もよく描けておる」

リベルは満足そうな表情で頷きます。

「我はこの絵が気に入ったぞ。言い値で買わせてもらおう」

「えっと、値段でしたらそちらに貼ってあります……」

作者さんは額縁の下側を指差します。

そこに貼られている値札には、五万テラと書かれていました。

テラというのはフォジーク王国およびナイスナー王国で使われている通貨単位で、たとえば小説の文庫本なら六〇〇テラ、もう少し大きいサイズなら一五〇〇テラほどの値段になります。

リベルはしばらく値札とにらめっこしたあと、こう言いました。

「では一〇万テラで買おう」

「いえ、あの、五万テラでいいんですが……」

「余った分は汝《なんじ》への投資だ。これからも我とフローラを美しく描くがいい」

「えっ、あっ……。ありがとうございます！　頑張ります！」

ちなみにリベルのポケットマネーですが、ガルド砦《とりで》にいたころに『長い時を生きた精霊の王』として騎士や文官さんたちの人生相談に乗っているうちに自然と溜《た》まっていたものだそうです。

リベルとしてはお金に興味はないものの、あえて断る理由もないので受け取っていたのだとか。

ただ、最近は私たち人間の経済活動にも興味を持っているらしく、昨日は自分のお金でタイヤキを買っていましたね。

油絵を買ったのもその延長線上でしょう。

気に入ったからという理由でお金を上乗せするあたり、いかにも『王様』って感じですね。

実際、かなり綺麗《きれい》な絵ですから、私としても十万テラの価値はあると思っています。

リベルはネコ精霊たちを呼んで絵を渡すと、自分の部屋に飾っておくように申し付けていました。

それはさておき——

「この街には大きな問題がありますね」

「ほう」

屋敷への帰り道のことです。

夕日に照らされる街を歩きながら、私はリベルに告げました。

「このまま放っておいたら、ドラッセンの特産品が私たちのグッズになってしまいます」

「別に構わんではないか。我は面白いぞ」

リベルはそう答えながら左手に持った竜の銅像をしげしげと眺めます。

これは最後に訪れたインテリアの店で買ったものですね。

銅像の竜は翼を大きく広げ、凛々《りり》しさを全身でアピールしています。

「素晴らしい出来栄えだ。あの油絵の作者といい、ドラッセンには才能ある芸術家が多いな」

「だとしても、これはちょっと恥ずかしいです」

「ならばどうする？」

「決まってます。もっと話題になる特産品を開発して、私たちのグッズを倒すんです！」

「敵は自分自身ということか。――なかなかに面白い」

どうやらリベルも乗り気になってくれたらしく、口の端に笑みを浮かべます。

「ではフローラよ、いったいどのような特産品を作るのだ」

「……うーん」

午後は色々な店を回ったんですけど、結局、自分たちのグッズが存在することに衝撃を受けるばかりで、特産品については考えている余裕がなかったんですよね。

ただ、ドラッセンは温泉の街ですから、そこに関係したものをアピールしていきたい、という気持ちはあります。

文官さんから聞いた話ですが、観光客のあいだでは温泉巡りが流行《はや》っているそうですし、温泉に入った数に応じてプレゼントを用意するのも面白いかもしれませんね。

「フローラ。我はひとつ思いついたぞ」

ふと、リベルが声を上げました。

「温泉水を特産品にしてはどうだ。土産に買って帰れば、観光客は自分の家でも温泉に入れる。よい考えだろう」

「うーん。ちょっと難しいですね……」

ナイスナー王国ではどの家にも浴室があり、魔道具製のシャワーや湯沸かし器の付いた浴槽なども一般に普及しています。

ただ、家庭サイズの浴槽であろうと、それをいっぱいにできるだけの温泉水を持ち帰るのって、普通の人には無理ですよね。

いったいどれだけの重さになることやら。

私がそのことを伝えると、リベルは納得したように頷きました。

「確かに汝の言う通りだ。人族というのは竜よりもはるかに華奢《きやしや》な存在だったな。我としたことがうっかり忘れておった」

「いえいえ、まずはアイデアを出さないことには始まりませんからね」

私はそう答えながら、頭の中でぐるぐると思考を巡らせます。

温泉水そのものを売りに出すのはナシとしても、発想をちょっと変えれば上手《うま》く行くような気もします。

たとえば温泉水を原料にして商品を作るとか。

……方向性としては悪くなさそうですね。

話がちょっと前進したように感じます。

「フローラよ。何かを掴《つか》んだようだな」

「分かりますか」

「当然であろう。この半年、常に汝の隣におったのだからな」

「――あらあら。お二人とも、あいかわらず仲良しですわね」

ん？

どこかで聞いたような声ですね。

背後から足音が近づいてきます。

振り向いてみれば、そこにはよく見知った相手が立っていました。

ぱっちりと大きな瞳に、くるくると巻かれた金色の髪――。

マリアンヌ・ディ・システィーナ、ナイスナー王国の南隣にあるシスティーナ伯爵家のお嬢さんですね。

いまさら説明するまでもありませんが、私にとっては大事な親友であり、お互いに「フローラ」「マリア」と呼び合う仲です。

彼女の実家であるシスティーナ伯爵家は古くから『システィーナ商会』という商会を経営しており、この街にも商会事務所の他、傘下のお店がいくつも軒を並べています。

「マリア、来ていたんですね。……あれ？　でも、連絡は来てなかったような」

「ふふふ……。フローラを驚かせようと思って、秘密にしていたのですわ。今からちょうど屋敷に伺うつもりでしたの」

「じゃあ、一緒に行きましょうか。徒歩ですけど大丈夫ですか」

「問題ありませんわ。わたくし、フローラの次くらいに身体は頑丈ですもの」

「待ってください。どうして比較対象に私が出てくるんですか」

「ふふっ、それは自分の胸に聞いてみることですわね」

「……確かに、汝はなかなかにやんちゃだからな」

私の隣で、リベルが納得したように頷きました。

「いや、やんちゃどころの話ではないか。武闘派というべきであろう。フォジーク王国の国王を投げ飛ばした姿は今もこの眼《め》に焼き付いておるぞ」

「あれは見事なイッポンゼオイでしたわね。さすが、わたくしの親友ですわ」

マリアが、うんうん、と頷きながら呟きます。

「そういえば三年前も、暗殺者をおびき寄せて首を――」

「さあさあ、日が暮れちゃうまえに屋敷に行きましょう。ごーごー」

「フローラよ。話をごまかしたいのは分かるが、ネコ精霊のような発言になっておるぞ」

……確かにリベルの言う通りですね。

あの子たちの発言って特徴的だから、気を抜くとマネしちゃうんですよね。

それはさておき、私たちはマリアを加えた三人で屋敷に向かうことになりました。

「マリアはいつごろドラッセンに来たんですか？」

「昼前ですわね。商会事務所で仕事をして、そのあと、しばらく温泉に入っていましたの。おかげで肌もプルプルですわ」

どれどれ、ちょっと試してみましょうか。

私は右手を伸ばして、マリアのほっぺたをつんつんします。

「ふ、ふろーひゃ《フローラ》、ひゃにをひまふの《何をしますの》」

「マリアのお肌をチェックしているんです。言われてみれば、普段よりモチモチしているような、していないような……」

「ククッ、汝らはいつ見ても楽しそうだな」

私の左側を歩きながら、リベルが苦笑しました。

「しかしフローラよ。温泉が肌にいいという話はよく聞くが、そんなに効果があるものなのか？」

「うーん、どうなんでしょう」

「――他の温泉はともかく、ドラッセンの湯は本当に効果がありますわ」

マリアが強い口調で言い切りました。

「以前にも何度かドラッセンにお邪魔していますけれど、温泉に入った次の日は明らかに肌の調子が違いますわ。化粧のノリもいいですし、一日、快適に過ごせますの。商会事務所の女性職員たちも同じことを言ってましたわ」

「そうなんですか？　私はあんまり変わらないですけど……」

「フローラは美肌おばけですから仕方ありませんわ」

「なんですか、それ」

美肌おばけなんて言葉、初めて聞きましたよ。

私の疑問に対して、マリアは肩を竦めながら答えます。

「肌荒れとは無縁の羨ましい体質、ということですわ。フローラ、あなた、疲労が肌に出るようなことがありまして？」

「……ないですね」

去年、魔物の大群が攻めてきた時などはスキンケアをする余裕もありませんでしたが、そのせいで肌が荒れたかというと、普段とあまり変わらなかったんですよね。

もしかすると極級の回復魔法を習得していることが関係しているのかもしれません。

これは昔から言われていることなのですが、回復魔法の使い手は外見と実年齢が一致しないことが多いそうです。

「ともかく――」

コホン、と咳払《せきばら》いをしてマリアは言いました。

「フローラは例外として、わたくしのような一般的な淑女は肌の調子というものに一喜一憂しながら生きていますの。分かりまして？」

マリアを『一般的な淑女』に分類していいかどうかはさておき、お肌の問題に悩まされていることはよく伝わってきました。

私がコクコクと頷《うなず》くと、マリアは満足そうな表情で言葉を続けます。

「無理な話ではありますけれど、わたくしとしてはドラッセンの温泉水を一年分くらい買い取って、毎日の入浴に使いたいくらいですわ。それくらい肌に効果がありますの」

「……先程の我と似たようなことを言っておるな」

ポツリ、とリベルが呟《つぶや》きます。

ついさっき、温泉水を特産品にしてはどうだ、って案を出してましたもんね。

「とはいえ、現実的に不可能なことはわたくしも理解しておりますわ。一年分の温泉水を持ち運ぶなんて、さすがに無茶《むちゃ》ですもの」

ちょっと残念そうな様子でマリアが肩を竦めました。

私としては親友の力になりたいところですが、何かいい方法はないでしょうか。

深呼吸して、ここまでの話を振り返ります。

マリアの話によれば、どうやらドラッセンの温泉水には高い美肌効果があるようです。

入浴できるだけの温泉水を持ち運べるのなら問題ないのでしょうが、さすがにそれは無茶というものでしょう。

というか、重要なのは「街の外でも温泉に入ること」じゃなくて「温泉水の美肌効果を得ること」ですよね。

だったら温泉水を原料にしたスキンケアの商品を作ってはどうでしょうか。

化粧水とか、ボディローションとか。

街の名物である温泉とも結びついていますから、特産品にピッタリです。

ニホンゴで言うところの『イッセキニチョウ』ですね。

私はすぐにその案をリベルとマリアに話しました。

「なるほど、確かにそれならば特産品にもなるだろう。いい案だ」

「わたくしは大賛成ですわ。ドラッセンの湯を原料にした化粧品なら、自分でも使ってみたいですもの。さすがフローラ、いい発想ですわね」

「二人とも、ありがとうございます。このあとの予定ですけど、屋敷に戻ったらまず夕食を済ませて、それからすぐに化粧品の開発に取り掛かろうと思います。よかったら手伝ってください」

「随分と急だな」

リベルが苦笑しながら呟きます。

「だが、やはり汝《なんじ》はそうでなくてはな。周囲を振り回してこそのフローラだ」

「私、そんなに振り回してますか」

「うむ」

「自覚ありませんでしたの？」

マリアが目を丸くして、驚きの声を上げました。

「ナイスナー王国が独立したのだって、フローラが言い出したことですわよね」

「ドラッセンへの移住計画も、元々の発案はフローラだな」

うう。

困りました。

まったく反論ができません。

私が返事に困っていると、リベルがニヤリと笑みを浮かべました。

「とはいえ、別に悪いことではない。少なくとも、我は楽しんでおるぞ」

「わたくしもですわ。フローラに振り回されるのでしたら大歓迎、ドンとこい、ですわ」

マリアは右手で自分の胸元を叩くと、頼もしげな表情を浮かべます。

「試作品の開発はもちろん、その後の販売もお任せくださいまし。《銀の聖女》考案の化粧品なんて売れないわけがありませんし、システィーナ商会の総力を挙げてバックアップいたしますわ」

「もちろん我も手を貸そう。ネコ精霊たちにも声を掛けておくか」

リベルがそう呟いた矢先のことです。

私たちの足元でポン、ポン、ポン、と白い煙が次々に弾け、ネコ精霊たちが姿を現しました。

「声が聞こえたよ！」

「ぼくたちの出番だね！」

「とりあえず屋敷に戻るよ！　ごーごー！」

ネコ精霊の皆さんは私たちを担ぎ上げると、ものすごいスピードで屋敷に向かって走り出しました。

……ええと。

急展開すぎて頭がついていかないのですが、ともあれ、ネコ精霊たちの毛並みはモフモフでした。

◇　◇

屋敷に到着したあとは、ちょっと早めの夕食となりました。

メニューとしては煮物、焼物、お吸い物などを並べたカイセキ《懐石》料理でした。

季節の一品として出てきた『桜鯛《さくらたい》のあんかけ煮』は、ホクホクの鯛に甘辛の煮汁がじっくり染み込んでおり、ご飯がものすごい勢いで進みました。

「なかなか美味であった。我は満足だぞ」

「わたくし、お腹《なか》いっぱいですわ。こんなおいしいものを食べさせてもらえるなんて、フローラには感謝ですわね」

「せっかく親友が来てくれたんですから、これくらいは当然ですよ」

さて。

お腹も膨れたところですし、化粧品の開発を始めましょうか。

私たちは屋敷の裏口から庭に出ると、すぐ近くにある離れの建物に向かいました。

そこは煙突付きの小さな一軒家で、中は錬金術の工房《アトリエ》となっています。

どうして工房が敷地内にあるのか、といえば、それがナイスナー家の伝統だからですね。

私のご先祖さまは天才的な魔術師にして錬金術師であり、自分の発明品のひとつである記録水晶に「錬金術だけは身に付けておけ。そうすりゃ、家が潰れても食っていけるからな」という遺言を残しています。

口調がざっくばらんなのはさておき、この遺言を受け、ナイスナー家に連なる者は全員が錬金術を学び、自分の工房を持つことになっています。

ちなみに四年に一度、本家だけでなく分家筋の人々も集めて製作物の発表会が行われるのですが、前回はライアス兄様が「髭《ひげ》が伸びなくなるクリーム」を出品して優勝しています。

クリームを塗ると一ヶ月ほど髭の伸びが止まるので、剃《そ》る手間が省けるのだとか。

そのレシピはマリアの実家が経営するシスティーナ商会に持ち込まれ、現在、商品化の計画が進んでいるようです。

……おっと。

話が逸れてしまいましたね。

ともあれ、私もナイスナー家の人間ですから、錬金術についてはそれなりに勉強していますし、こうして自分の工房も持っているわけです。

化粧品の試作って、色々な薬品を扱うことになりますからね。

工房はピッタリの場所と言えるでしょう。

ドアを開けて建物の中に入ると、そこにはすでにネコ精霊たちが集まっていました。

「フローラさまのあとりえ！　どらっせんのれんきんじゅつし！」

「ちょうたいさくのよていです、ごきたいください！」

「よやくすると、もれなくねこがついてきます！」

相変わらず何を言ってるかよく分かりませんが、テンションが高いことだけは伝わってきます。

「賑やかですわね」

マリアがくすっと笑みを浮かべながら、ネコ精霊たちを撫で始めます。

気持ちは分かりますよ。

触り心地、いいですもんね、
私はそんなマリアを微笑ましく眺めながら、壁際にある本棚へと向かいました。

本棚には錬金術に関する書物が色々と収められています。

どれも以前に一度は読んでいるので、大まかな内容は覚えていますよ。

化粧品についての書物は本棚の一番上に収められていました。

私は爪先立ちになって右手を伸ばしますが、書物のところには届きません。

困りましたね。

近くに脚立でもあればいいのですが、残念ながら見当たりません。

仕方ないのでピョンピョンとジャンプを繰り返していると、リベルが苦笑しながら近くにやってきました。

「まったく、何をやっておる」

「読みたい本があるんですけど、手が届かないんです」

「ならば我を頼ればよかろう。どの書物だ」

「『美の探求』って題名です。分かりますか？」

「うむ。……これだな」

リベルは頷くと、一番上の段から『美の探求』を取り出し、こちらに手渡してくれます。

「ありがとうございます。助かりました」

「書物を戻す時も遠慮なく言うがいい。我は汝の守護者なのだからな」

「それって関係あります？」

「当然だ。先程から汝は何度も飛び跳ねておるが、転んで足を捻《ひね》るかもしれん。あるいは、本棚から書物が落ちてくる可能性もある」

いや、それは心配しすぎのような……。

「ふふっ。フローラったら愛されてますのね」

いつのまにか近くに来ていたマリアがクスクスと笑いながら言いました。

「食後のデザートにピッタリの甘さですわ」

「何を言ってるんですか、もう」

私は肩を竦めつつ、書物を開きます。

ふむふむ。

なるほど、なるほど。

化粧水もボディローションも、アローアロエをはじめとして、いくつかの薬草を煮込んだものをベースに作るようです。

アローアロエというのは葉っぱの部分が矢の形をしたアロエの一種ですね。

湿地帯によく生えており、刺激を受けると葉っぱを飛ばして攻撃する性質があります。

そのため、採集にはかなりの危険を伴うのだとか。

私は書物を読み終えると、壁掛け時計に視線を向けました。

時刻は午後七時を回ったところです。

この時間でしたら、街の薬草店はまだ開いていますね。

必要なものを揃えることができれば、今日からすぐに化粧品の試作に入れます。

そんなことを考えていると、いつのまにか足元にネコ精霊の皆さんが集まっていました。

「フローラさま！　ぼくたち、おしごとしたいよ！」

「そざいしゅうしゅうくえすと、ぼしゅうちゅう！」

「ふっ、ぼくはここうのそろぼうけんねこ。さみしいからぱーてぃをくんでほしいよ」

寂しがってるなら孤高でもなんでもないような……。

ともあれ、薬草を用意してくれるというのなら、お願いしてみましょうか。

必要なものを伝えると、ネコ精霊たちは連れ立って工房を出ていきました。

「くえすとにしゅっぱつだー」

「そざいをさいしゅうするため、ぼくたちはあまぞんへとんだ！」

「ぼくのたんとうは、あろーあろえ！　とりつくしてやるぜー！」

……あれ？

素材はどれも街の薬草店で買えるはずなんですが、自分で調達する流れになってませんか。

「別に問題はあるまい」

リベルが愉快そうに笑みを浮かべながら声を掛けてきます。

「ネコ精霊たちのことだ。汝が注文した以外にも面白いものを見つけてくるかもしれんぞ。……ところでフローラよ、温泉水はどうするつもりだ」

「と、言いますと……？」

「化粧品に使う以上、誰が入ったかも分からん湯を使うわけにもいくまい。その点はどうする」

「温泉って増やせませんか。できたら、工房の近くでお願いします」

「ククッ、簡単に言ってくれるな」

リベルは肩を揺らして笑います。

「まあ、確かに簡単だ。我と、あとはタヌキがいれば十分であろう」

「よんだ？」

工房の天井近くで、ポン、と白い煙が弾けました。

その中からタヌキさんが飛び出して……というか、落ちてきます。

「わー」

これはもしかして、出てくる場所を間違えたのでしょうか。

タヌキさんはそのままリベルの頭の上に、ぽすん、と乗っかりました。

「おうさま、ありがとー」

「我は何もしておらんぞ。まあいい。このまま行くか」

リベルは涼しい表情のまま、頭にタヌキさんを乗せて工房の外へ出ていきます。

ええと。

なんというか。

「……可愛いですね」

「リベル様が？　それともタヌキ様が？」

マリアの言葉に、私は少し考えてから、

「両方ですね」

と、答えました。


ネコ精霊やリベルたちが出ていったので、工房には私とマリアの二人だけが残されました。

がらんとした工房の中を見回せば、中央には長机が、さらにその向こうには大きな戸棚が置かれています。

戸棚には天秤《てんびん》やガラス瓶、すり鉢など、調合のための器具が入っていますね。

「さて、わたくしも働きますわよ」

マリアはそう言って戸棚の方へ向かっていきます。

「フローラ。器具の準備ですけれど、前と同じでよろしくて？」

「ええ、お願いします」

マリアには以前にも調合を手伝ってもらったことがありますから、細かいところまで説明しなくても大丈夫でしょう。

器具のことはマリアに任せ、私は工房の奥へと向かいます。

そこには絵本で魔女が使っていそうな、黒い、大きな鍋が置かれていました。

サイズとしては、私の身体がすっぽり入るくらい……と言えばイメージが伝わるでしょうか。

この鍋の名前は『魔女の大鍋』、調合時の煮込み作業をサポートしてくれる便利な魔導具です。

内部には特殊な術式が組み込まれており、鍋の中身を自動で掻《か》き混《ま》ぜてくれたり、一定時間で自動的に加熱をストップしてくれたり、どれもこれも調合においては欠かせない機能ばかりとなっています。

これも、私のご先祖さまの発明品ですね。

その製法はナイスナー家の分家のひとつであるベスター家にのみ伝わっており、質のいいものは数億テラを超える価格になるのだとか。

そして私が使っている大鍋ですが、なんと、最高級品のひとつだったりします。

以前、病に倒れたベスター家の当主さんを回復魔法で助けたことがありまして、そのお礼として我が家に送られてきたのです。

さすがに申し訳ないと思いつつ、かといって送り返すのも失礼にあたりますし、調合をする時はいつも有効活用させてもらっています。

私は大鍋に右手で触れると、内部に魔力を流し込みました。

ブゥン、という音が響き、鍋の周囲に楔《くさび》型の模様が浮かびます。

術式が起動した証拠ですね。

どうやら異常はなさそうです。

私がひとり頷いていると、建物の外からリベルとタヌキさんの声が聞こえてきました。

――おうさまー。ここにおんせんをほるとよさそうー。

――うむ。ところで、いつまで我の頭に乗っておるのだ。


あら。

タヌキさん、まだリベルの頭に乗っているみたいですね。

私はその姿を想像して、思わずクスッと笑ってしまいます。

「……フローラも変わりましたわね」

机の上に器具を並べながら、マリアが言いました。

「昔よりもずっと表情が明るくなりましたわ」

「そうですか?」

「ええ。以前のフローラは余裕がないというか、生き急いでいる感じでしたもの」

「……リベルのおかげかもしれませんね」

私の口からは、自然と言葉が零《こぼ》れ出《だ》していました。

「いつも近くにいて、何かあったらすぐに相談に乗ってくれますから。一人で悩まなくていいのは、すごく心強いです」

「あらあら」

マリアがクスッと笑いました。

「このままだとリベル様にフローラを奪われてしまいそうですわね。わたくしもそろそろ本気を出す時かもしれませんわ」

「本気ってなんですか、本気って」

私は苦笑しながらマリアのほうに視線を向けます。

「マリアはこれまでも、これからも、私にとって大切な親友ですよ」

「ふふっ、それは光栄ですわね。……さて、準備完了ですわ」

おっと。

机に目を向ければ、必要な器具はひと通り並んでいました。

さすがマリア、テキパキしてますね。

「ありがとうございます。助かりました」

「これくらい大したことではありませんわ。……さて」

「どうしました?」

「このあとは忙しくなりそうですし、今のうちに渡しておきたいものがありますの」

マリアはそう言って私のところにやってくると、懐から小包を取り出しました。

「フローラ。ブレッシア領の領主就任、心からお祝い申し上げますわ。祝いの品を用意しましたから、ぜひ受け取ってくださいまし」

「ありがとうございます。……えっと、本当に貰《もら》っちゃっていいんですか」

「ええ、もちろん」

マリアは笑顔で頷きます。

「よければ中身を確認してくださいまし。きっとビックリしますわよ」

そこまで言われると、何を用意してくれたのか気になりますね。

どんなプレゼントが入っているのでしょうか。

私は小包を受け取ると、すぐに封を開きました。

その中に入っていたのは桜色のハンカチで、すみっこにはミケネコの顔が刺繍《ししゅう》されています。

まるっこくて可愛《かわい》らしいですね。

「このネコは、マリアが入れてくれたんですか？」

「ええ。わたくし、ちょっと頑張ってみましたの。ミケーネさんがモデルですわ」

言われてみれば、確かに似てますね。

まるっこい感じがそっくりです。

というか、これ、かなり手間がかかってますよね。

マリアは商会の仕事でいつも忙しいのに、わざわざ時間を見つけてチクチクと縫ってくれたのでしょう。

その気持ちが、とっても嬉《うれ》しいです。

私はハンカチを胸元に抱きしめながら、あらためてマリアにお礼を告げます。

「本当にありがとうございます。あなたみたいな親友を持てて、私は幸せですよ」

「ふふ、喜んでもらえてなによりですわ」

マリアはそう言いながら私の背後に回り――

「隙あり、ですわ！」

がばっ、とこちらに抱き着くと、そのまま背中のあたりをくすぐってきました。

「ハンカチをギュッとして『私は幸せですよ』とか、さすがにちょっとずるいですわ、可愛すぎですわ！　この、この！」

「あはははははっ！　くすぐったい、くすぐったいですよ、マリア」

「くすぐっているのだから当然ですわ！」

「もう！」

私は身をよじりながら両手を伸ばし、マリアに反撃を開始します。

それからしばらくのあいだ、二人で笑い合っていました。

◇　◇

やがてリベルとネコ精霊たちが戻ってきたところで、化粧品の試作を始めることになりました。

工房の裏手に作ってもらった小さな温泉から湯を汲《く》み、『魔女の大鍋』に入れます。

そのあとレシピに従って薬草を入れ、煮込みを始めました。

「よい香りだな」

リベルが、すんすん、と鼻を鳴らして呟《つぶや》きます。

「これならば、よいものができそうだ」

「わたくしもそう思いますわ。ところで――」

マリアは頷《うなず》くと、机の上に視線を向けました。

そこにはネコ精霊たちが採集してくれた薬草などが並んでいるのですが、なぜかハチの巣が五つほど置かれていました。

「これ、どうしますの」

「どうしましょう」

「我も分からん」

私とリベルは揃《そろ》って首を傾けます。

ハチの巣なんて注文していないんですけどね。

ネコ精霊たちに話を聞いてみると、こんな答えが返ってきました。

「ミツバチの精霊さんがくれたんだよ！」

「フローラさまによろしく、って！」

「今後、新鮮なハチミツを届けてくれるみたい！」

それは嬉しいですね。

というか、ミツバチの精霊なんていたんですね……。

ちょっとビックリです。

それはそれとして、このハチの巣、どうしましょう。

せっかく貰ったのに使わないのは勿体《もったい》ないですよね。

うーん。

私が唸《うな》り込んでいると、マリアがポツリと呟きました。

「これも化粧品に使えたらいいのですけれど……」

「あっ」

私は思わず声を上げていました。

ちょうど近くに置いてあった本……『美の探求』を手に取り、あるページを開きます。

そこにはハンドクリームの製法が記されていました。

「これ、どうですか」

私はそう言って、本をマリアとリベルに見せます。

「ハチの巣って溶かすと蝋《ろう》になるんですけど、これ、ハンドクリームの原料として使えるんです。

せっかくですし、温泉水配合のハンドクリームも作ってみませんか」

「……面白そうですわね」

「ハチの精霊もそのつもりで巣を献上したのかもしれんな」

私の言葉に、マリアだけでなく、リベルも頷きます。

よし。

じゃあ、やってみましょうか。


こうして試作品の開発が始まりました。

日中は領主としての仕事をこなし、夕方からは工房へと向かいます。

ちょっと忙しいけど、なかなか充実しています。

素材はすべてネコ精霊が集めてくれたので、あとはレシピ通りに仕上げるだけ……と言いたいところですが、世の中、そう甘くはありません。

たとえば化粧水のレシピであれば、大鍋に水を入れ、アローアロエなどの薬草をコトコト煮込むことになっています。

でも、私たちが使うのは普通の水じゃなくて、ドラッセンの湯なんですよね。

温泉には色々な成分が入っているわけですから、当然、仕上がりはレシピと違ってきます。

実際、最初に作った化粧水はかなりベタつきが強いものになってしまいました。

「……かなりネバネバしていますわね」

ガラス瓶に入った化粧水を指先で掬《すく》うと、マリアは微妙な表情で呟きました。

持ち上げた指先からは、何本もの透明な糸がガラス瓶に向かって伸びています。

「ナットウスライムみたいな感触ですわ。これを顔に塗るのは抵抗がありますわね」

うーん、残念。

今回の試作品は失敗だったようです。

ちなみにナットウスライムというのは魔物の一種で、全身がネバネバとしたゼリー状になっています。

毎年、夏が終わるころに湿地で大量発生して、家々の洗濯物を汚していくことで有名ですね。

伝承によると、弟神ガイアスが姉のテラリス様への嫌がらせのために生み出したのだとか。

神様なのにやることが陰湿というか、スケールが小さく思えますが、それはさておき――。

次の試作品では、どんなふうにレシピを変えるべきでしょうか。

化粧水の好みは人によりますけど、ナットウスライムみたいな感触はさすがに問題ですよね。

私が考え込んでいると、リベルが声を掛けてきます。

「フローラ。少しよいか」

「どうしました?」

「薬草の配合からアローアロエを外してみてはどうだ。あれは、ナットウスライムの好物だからな。化粧水が粘ついている原因かもしれん」

なるほど。

試してみる価値はありますね。

次の試作品ではリベルの意見を取り入れることにしました。

レシピからアローアロエを抜き、残りの薬草を温泉水でコトコト煮込んでいきます。

そうして完成した化粧水は、かなりサラサラした仕上がりになりました。

理由を調べるためにいくつかの実験を行ってみましたが、どうやら温泉水とアローアロエが反応して、ナットウスライムのようなネバネバ感を生み出しているようです。

アローアロエを少量だけ加えればシットリした化粧水になるので、個人の好みに合わせて何種類か用意してもよさそうですね。

というわけで、三番目の試作品は『サラサラ』『ふつう』『トロトロ』の三種類を用意して、屋敷のメイドさんたちに使ってもらうことにしました。

最も人気だったのは『ふつう』で、その次が『サラサラ』、最後が『トロトロ』でした。

ただし、一位、二位、三位の差はどれも僅かだったので、実際のところ人気に違いはないのかもしれません。

ちなみに化粧水の使用感については、アンケートを行ったところ、こんな感想が返ってきました。

「ベタつかないのに肌がぷるぷるなんです。赤ちゃんに戻った気分です」(二十八歳・女性)

「化粧のノリが明らかにいいんです。商品になったら絶対に買います」(三十五歳・女性)

「朝はヒゲを剃《そ》ったあとに『トロトロ』、昼休憩に『ふつう』で潤いを補い、夜は『サラサラ』を塗ってから寝ています。たった三日で枯れた肌が潤いを取り戻していくのが実感できました。今後も愛用したいものですな」(五十六歳・セバス)

あれ？

どうして我が家の執事長がコメントに紛れ込んでいるのでしょう。

三種類を丁寧に使い分けているあたり、なんだか美容のプロめいた風格が漂っています。

気になったのでセバス本人に訊《き》いてみると、どうやらメイクこそしていないものの、身だしなみのひとつとしてスキンケアは若いころから欠かしていないそうです。

予想外の事実が明らかになって、私としてはちょっとビックリです。

でも、確かにセバスって肌がキレイですもんね。

きっと日々の努力の成果なのでしょう。

その後、ボディローションとハンドクリームの試作品も完成し、どれもかなりの高評価でした。

特にハンドクリームについては、温泉宿で働いている人たちにも使ってもらったのですが、水仕事の手荒れが減ったという喜びの声がいくつも届いています。

さて。

試作品の開発も終わったところで、次は製造ラインの確立です。

元々の予定だと、私からお父様にお願いして、ナイスナー家で召し抱えている錬金術師の方々を派遣してもらうつもりでした。

ですが、ここで「ぼくたちにまかせて！」と手を挙げた子たちがいました。

ネコ精霊の皆さんです。

せっかくなのでお願いしてみましょうか。

化粧品の製造はその日からすぐに始まりました。

私が敷地内の工房に行ってみると、そこにはすでに大勢のネコ精霊たちが集まっていました。

「あんぜんだいいち！　れしぴどおりにつくるよ！」

「ちょうごうまえに、ゆびさしかくにん！　わすれないでね！」

「やくそうよし！　ひかげんよし！　ぼくのきげんもすっごくよし！」

ネコ精霊といえばその場のノリで大事件を巻き起こすイメージがありますけれど、今回に限って言えば、かなり慎重に調合を行っているようです。

「変なものを作っちゃったら、フローラさまの信用に関わっちゃうからだよ！」

そう教えてくれたのは、いつのまにか現場監督の座に収まっていたミケーネさんです。

「品質もちゃんとチェックしているから、安心してね！」

「ありがとうございます。何か困ったことがあったら、いつでも言ってくださいね」

そういえばご先祖さまの手記に「仕事で大切なのは『報告・連絡・相談』のホウレンソウ」って言葉がありましたね。

標語として、工房に張り出しておきましょうか。

◇　◇

ネコ精霊による化粧品の生産が始まって一〇日ほどが経《た》ちました。

今のところ工房は順調に稼働しています。

一方、屋敷ではメイドさんたちのあいだで不思議なブームが起こっていました。

昼休みになると二階の廊下に集まり、窓から工房のほうをジッと眺めているのです。

いったい何をしているのでしょうか。

気になったので訊《たず》ねてみると、メイドの皆さんからはこんな答えが返ってきました。

「わたしたち、ネコ精霊を見守ってるんです」

「ドアを開けて出てくるところとか、すっごく可愛いんですよ」

「フローラリア様、ネコ精霊にめちゃくちゃ好かれてますよね。いいなぁ……」

ええと。

そんなにネコ精霊のことが気になるなら、工房へ遊びに行ってはどうでしょうか。

私がそう提案すると、なぜかメイドさんたちは揃《そろ》って首を横に振りました。

「フローラリア様、お気遣いありがとうございます。でも、ごめんなさい。わたしたちはネコ精霊と関わりたいわけじゃないんです」

「壁のように、床のように、干渉しない立場からネコ精霊たちを眺めていたいんです」

「わたし、生まれ変わったら工房の観葉植物になりたいな……」

最後の人、ちょっと疲れてませんか。

仕事が辛かったら、いつでも相談してください。

雇用主として、働いている人たちの健康に気を配るのは当然ですからね。

翌日――

午前のうちに庁舎で領主としての仕事を終え、屋敷に戻ってきたあとのことです。

時刻としては午後三時くらいでしょうか。

私とリベルの二人は中庭のテーブルセットでリョク茶を飲みながら、おやつのドラヤキをもぐもぐと食べていました。

「今日はツブアンか。たまには悪くない」

「リベルはコシアン派でしたっけ」

「うむ。とはいえドラヤキで一番好きな部分は皮だな。ふっくらもちもちした食感がたまらん」

「分かります。時々、皮だけ延々と食べたい時ってありますよね」

そんな話をしていると、ポン、と足元で白い煙が弾けてミケーネさんが現れました。

いつになく焦った表情を浮かべていますが、いったいどうしたのでしょう。

「大変だよ！　大変だよ！　報告で、連絡で、相談だよ！」

「何かあったんですか？」

「お湯が！　お湯が出なくなっちゃったんだ！　このままじゃ化粧品が作れないよ！」

ミケーネさん、かなり慌ててますね。

このままだと話も聞けませんし、まずは冷静になってもらうべきでしょう。

私は両手でミケーネさんを抱えると、膝上に乗せ、その背中をゆっくり撫でます。

「焦らなくても大丈夫ですよ。リラックスです、リラックス」

やがてミケーネさんも落ち着いてきたところで、順を追って状況を説明してもらいます。

……なるほど。

だいたい分かりました。

化粧品の調合にあたっては、工房の裏手にある小さな温泉から湯を汲《く》むことになっているのですが、どうやらその温泉が枯れてしまったようです。

「困りましたね……」

ミケーネさんの話を聞いて、私は思わず眉を顰《ひそ》めました。

ドラッセンの湯を配合した化粧品ですが、現在、マリアの主導でシスティーナ商会が販売計画を立ててくれています。

来月の発売に向けて工房も増産体制に入っていたので、このタイミングで温泉水が出なくなるのは致命的です。

「原因を調べる必要がありますね」

「まずは工房の裏手に行ってみるか」

私とリベルは互いに頷《うなず》くと、残ったドラヤキを大急ぎで口の中に詰め込み、椅子から立ち上がりました。

そうして温泉のところに向かってみると、確かに湯が枯れており、ゴツゴツの岩肌が露《あら》わになっていました。

「ふむ」

リベルは小さく呟くと、温泉の近くで膝を曲げ、右手を地面に付けました。

「何をしているんですか？」

「地下の様子を探っている。温泉が枯れた原因が分かるかもしれん。しばし待つがいい」

「分かりました。よろしくお願いします」

原因の究明についてはリベルに任せておけばよさそうですね。

周りを見れば、一緒についてきたミケーネさんだけでなく、他のネコ精霊たちもワラワラと集まっていました。

「おうさま、がんばって！」

「ちかからじゃあくなけはいがするような！　しないような！」

「ほかのおんせんはだいじょうぶかな。ぼく、きになるよ！」

確かにそれは気になりますね。

私は少し考えてから、その場にいるネコ精霊たちに指示を出しました。

「他の温泉も枯れているかもしれません。様子を見てきてもらっていいですか？」

「わかった！　まかせて！」

「ぼくたち、ねこちょうさたい！」

「にゃんさーちはつどう！　ぴぴぴぴっ！」

ネコ精霊たちは元気よく返事をするとわーっと街のあちこちに散らばっていきます。

それから五分ほど経《た》ったところで、リベルが地面から手を離しました。

「フローラよ、何が起こっているか分かったぞ」

「教えてもらっていいですか」

「当然だ、聞くがいい」


リベルの話によると——

ドラッセンの地下には火の霊脈というものが通っており、それが温泉の噴出に関わっているそうです。

「霊脈とはテラリスが大地に与えた加護だ。いくつか種類が存在するが、火の霊脈は地下水を温め、上方に押し上げる性質を持つ。だが、今はそれが阻害されておる」

「どうして阻害されているんですか？」

「さて、何から説明したものかな」

リベルは右手を顎に当てて考え込むと、やがて私にこう問いかけました。

「フローラよ。以前、クロフォードと戦った時のことは覚えておるな？」

「もちろんです。……あの時は大変でしたね」

それは半年前、完成したばかりのドラッセンで起こった出来事です。

弟神ガイアスの怨念を宿したクロフォード殿下が巨大な黒い竜を召喚し、私たちに襲撃を仕掛けてきたのです。

リベルやネコ精霊たちの奮闘もあって無事に撃退できましたが、一歩間違えていればどうなっていたことやら。

私がしみじみと過去を振り返っていると、リベルがさらに言葉を続けます。

「クロフォードに宿っていたガイアスの怨念だが、その残滓《ざんし》というべきものが地下に逃れ、今になって霊脈を乱しておるらしい。まったく、未練がましいところは本体と同じだな」

「本体って、弟神ガイアスのことですか」

「うむ。余談になるが、黒竜が出現したことを考えれば、本体の復活も近付いているのかもしれん。

……とはいえ案ずることはない。汝には我が付いておるのだからな」

リベルはそう言ってフッと笑みを浮かべました。

――ちょうどそのタイミングで、街のあちこちに派遣していたネコ精霊たちが戻ってきました。

ネコ精霊たちの報告によると、どうやら他の温泉もお湯がだんだん出なくなっているようです。

「このままだとドラッセンがひあがっちゃうかも。かれたドラッセン……かれっせん……」

「あんまりうまいこといえてないよー」

「でも、どうしてこのおんせんがまっさきにかれたのかな」

言われてみれば、それは確かに引っ掛かりますね。

何か理由があるのでしょうか。

私が首を傾《かし》げていると、リベルがこんなことを言いました。

「おそらく、ガイアスの怨念が精霊の気配を感じ取ったのだろう。以前の仕返しとばかりに、最優先でここの温泉を枯らしたに違いあるまい」

「なんだか、やることが陰湿ですね」

「それが弟神ガイアスだ。……さて、これからどうする」

「怨念を祓《はら》います。この街と、そこに住む人たちの生活を守るのが領主の役割ですから」

「うむ。それでこそフローラだ」

私の答えを聞いて、リベルが満足げに頷きます。

「ガイアスの怨念だが、以前の戦いでかなり弱っておる。汝が《ハイクリアランス》を使えば浄化できるだろう」

「分かりました。やってみます」

《ハイクリアランス》はとても強力な浄化魔法で、瘴気《しょうき》だけでなく、弟神ガイアスの呪詛《じゅそ》が籠った『世界の傷』さえも消し去ることができます。

ただ、私だけの力では発動できないんですよね。

というわけで、必要なものを用意しましょう。

「……ローゼクリス、来てください」

『おねえちゃん、呼んだ？』

ポンっと白い煙が弾けて、私の右手に杖《つえ》が現れます。

聖杖ローゼクリス。

この子も精霊の一種なので、距離を超えての移動が可能だったりします。

「今から《ハイクリアランス》を使います。手伝ってもらっていいですか？」

『分かった。じゃあ、王権を借りてこないとね』

そういえば忘れていました。

《ハイクリアランス》を使うためには、リベルから王権を借り受ける必要があります。

ただ、そのための方法というのが……ええと。

くちづけ、なんですよね。

最初は左手の甲、二回目は額でした。

少し恥ずかしいですが、街の危機を前にして躊躇《ためら》っている場合ではありません。

私は意を決してリベルに告げます。

「すみません、王権をいただけますか」

「よかろう。行くぞ」

リベルはその場に膝を突くと、私の左手を取って、甲のところにくちづけをしました。

……なんだか照れくさくなって視線を逸《そ》らすと、周囲のネコ精霊たちが目に入りました。

みんな、なぜか両手で自分の眼《め》を塞《ふさ》いでいました。

もしかして私に気を使ってくれているのでしょうか。

ええと。

気持ちは嬉《うれ》しいのですが、なんだか余計に恥ずかしくなってきましたよ。

「フローラよ、終わったぞ」

リベルの声に、私はハッと我に返ります。

左手の甲に視線を向けると、そこには竜の顔を象《かたど》ったような紋章が浮かんでいました。

「王権は問題なく機能しておる。これで《ハイクリアランス》を行使できるだろう」

「ありがとうございます。……今回は、額じゃなかったんですね」

「ほう」

リベルがニヤリと意地悪そうな笑みを浮かべます。

「期待しておったのか？」

「違います」

「ククッ、どうだかな」

リベルは肩を竦めながらゆっくりと立ち上がります。

「ともあれ準備は整ったのだ。ガイアスの怨念に引導を渡してやるがいい」

「ええ、最初からそのつもりです」

私はリベルの言葉に答えると、右手でローゼクリスを掲げます。

そこに左手を添えて、杖へと魔力を注ぎ込みました。

すると、先端部にある水晶玉が輝きを放ち、美しいバラの形へと変わります。

『おねえちゃん、いつでもいけるよ』

私はローゼクリスの言葉に頷きました。

意識を集中させ、《ハイクリアランス》を発動させるための呪文を唱えます。

「遥《はる》か遠き地より来たりて邪悪を払え。導く光、照らす光、聖なる――」

その時でした。

呪文を言い終える直前、フッと意識が途切れたのです。

◇　◇

「……あれ？」

気が付くと、私は暗闇の中に佇《たたず》んでいました。

右手にはローゼクリスを握ったままです。

『おねえちゃん、だいじょうぶ？』

「ええ、たぶん。……というか、ここはどこですか？」

『ちょっと待ってね』

ローゼクリスの先端にある、バラの形をした水晶が煌《こう》々《こう》とした輝きを放ちます。

『ここは現実世界とはちょっと違う場所だね。誰かがおねえちゃんの心に干渉しているみたい』

「つまり、どういうことですか？」

『夢の中みたいなもの、って考えればいいんじゃないかな。——誰か来るよ』

「……えっ？」

視線を上げると、暗闇の向こうから人影が近づいていました。

うーん。

本当に人なのでしょうか。

というのも、両肩のあたりから鳥のような翼が生えていたからです。

距離が近づくにつれて、顔もはっきり見えるようになってきました。

目元には不健康そうな隈《くま》が浮かび、頬《ほお》もこけています。

どことなくクロフォード殿下に似ていますね。

少なくとも男性であることは確かですが、いったいどこの誰でしょうか。

……なんて言ってみましたが、実のところ見当はついています。

ヒントとしては、私が《ハイクリアランス》を何に対して発動させたか、ですね。

男性はどろりと濁った昏《くら》い目つきをこちらに向けています。

やがて私のすぐ近くで立ち止まると、掠《かす》れた声で言いました。

「なぜ、オレを、排除しようとする。……どうして、姉さんも、キサマも、オレを嫌う」

今の言葉で確信が持てました。

男性の正体は、弟神ガイアスの怨念ですね。

姉さんというのは、神話で言われている通り、女神テラリス様のことでしょう。

ガイアスは姉であるテラリス様に対して恋愛感情を拗《こじ》らせ、その気を惹《ひ》くために多くの悪事を働いた結果、こっぴどく振られてしまったそうです。

……はっきり言って自業自得ですね。

「答えろ。なぜキサマは、オレを嫌い、排除する」

「いや、当たり前じゃないですか」

私は一歩前に踏み出すと、ガイアスを真正面から見据えて答えます。

「自分の胸に手を当ててよーく考えてください。温泉が出ないように邪魔をしているのは誰ですか？　クロフォード殿下と一緒になって私の家を取り潰そうとしたり、黒竜を召喚して危害を加えようとしたのは誰ですか？　そんなことをして、相手から好かれると思ってるんですか？」

「……っ」

どうやら問い詰められるとは思っていなかったらしく、ガイアスは驚いたような表情を浮かべました。

目を逸らしているのは、こちらの言い分を内心で認めているからでしょうか。

私はさらに話を続けます。

「そもそも魔物が私たち人族を襲うのだって、貴方《あなた》がそう命じたからですよね。そんな相手、嫌いになるに決まってるじゃないですか。ちょっと考えれば分かりますよね。……あの、ちゃんと聞いてます？　目を逸らさないでください。はい、こっちを向く！」

『おねえちゃん、落ち着いて。落ち着いて。ガイアス、怯《おび》えてるよ』

……あっ。

ローゼクリスの声を聞いて、私はハッと我に帰りました。

婚約破棄から始まる一連の騒動では、弟神ガイアスが黒幕みたいなものでしたからね。

当事者である私としては、言いたいことが山ほどあります。

それもあって、ついつい早口で責め立ててしまいました。

ガイアスに視線を向ければ、俯《うつむ》いたままむっつりと黙り込んでいます。

その雰囲気は、まるで親に怒られて拗《す》ねてしまった子供のようです。

やがてガイアスは顔を上げると、こちらをキッと睨《にら》みつけました。

「……るさい」

小声ですが、何か言葉が聞こえました。

「うるさい、黙れ！　人間ごときが偉そうな口を利くな！　オレは悪くない！　オレがこうなったのは、オレの気持ちを分かろうとしない姉さんや、キサマみたいな女どものせいだろうが！」

……はい？

いきなりそんなふうに怒鳴りつけられても、正直、訳が分かりません。

ただ、発言から推測するに、弟神ガイアスはテラリス様以外の女性ともトラブルを起こしていたのかもしれませんね。

なんでもかんでも周囲のせいにして責任逃れをするあたり、危険な雰囲気が漂っています。

「女のくせにオレを見下すな！　馬鹿にするな！　――ああああああああああああっ！」

なんだか以前にも似たようなことがありましたね。

フォジーク王国の宮殿で、国王を投げ飛ばした時でしょうか。

ガイアスは眼を血走らせ、こちらに殴り掛かってきます。

『おねえちゃん!?』

「大丈夫ですよ」

私はローゼクリスを腰のベルトにある ホルダーに引っ掛けると、ガイアスの拳を横に躱《かわ》しつつ、その腕を取りました。

相手の勢いを利用して、背負うようにして地面に叩きつけます。

ジュージュツの奥義『イッポンゼオイ』――決まりました。

それからローゼクリスを右手に持ち直して、ガイアスの喉元に突きつけます。

「これ以上の抵抗は無意味です。大人しく浄化されてください」

「ぐっ……」

ガイアスが、ギリ、と奥歯を噛んでこちらを見上げてきます。

私も負けじと睨《にら》み返《かえ》していると、急に左手の甲が熱くなりました。

ん？

何が起きているのでしょう。

疑問を感じた直後、背後からパチ、パチ、パチと拍手の音が聞こえてきました。

「――見事であった、フローラ」

振り向くと、そこにはリベルの姿がありました。

「現実の汝《なんじ》は、詠唱の途中で倒れ込んでおるぞ。いったい何が起こったのかと思えば、ガイアスの怨念が干渉しておったか。……まったく、どこまでも往生際の悪い男だ」

「ええと……。リベルはどうやってここに来たんですか？」

「今の汝は王権の代行者でもあるからな。その繋がりを辿《たど》ったまでのことだ。いつ助けに入ったものかと様子を窺っていたが、まさかガイアスを投げ飛ばすとはな。怨念の残滓《ざんし》といえど、神は神、汝はどこまでも怖いもの知らずだな。クク、愉快であったぞ」

リベルは満足そうに笑みを浮かべると、くしゃくしゃと私の頭を撫でました。

「ガイアスは汝の心に干渉して、操り人形にでも仕立てるつもりだったのだろう。まあ、実際にはこうして返り討ちにあったわけだがな。もはや抵抗の気力も残っておるまい。あとは浄化するだけだ。――行くぞ」

リベルはそう言って、私をギュッと抱き寄せます。

えっ。

えええええええええええええええええっ。

いきなりのことに驚いた拍子に――フッと目が覚めました。

「起きたか」

目の前に、リベルの整った顔がありました。

慈しむような視線でこちらを眺めています。

私は後ろ向きに倒れ込んだ姿勢で、リベルの左腕に支えられていました。

「ええと……。何が、どうなっているんですか」

「先程も言ったであろう。汝は《ハイクリアランス》の詠唱中に意識を失ったのだ。……心の世界での出来事は覚えておるな？」

「まあ、それなりに……」

ガイアスに向かってものすごい勢いで詰め寄ったり、イッポンゼオイで投げ飛ばしたり、我ながらずいぶんと無茶《むちゃ》をしたものです。

「そういえば心の世界、ローゼクリスもいましたね」

『《ハイクリアランス》を使う時は、ボクとおねえちゃんの心をひとつにする必要があるからね。それもあって、ガイアスの干渉に巻き込まれたみたい。……ともあれ、おねえちゃんが無事でよかったよ』

「まったくだ。気を失った時は何事かと思ったぞ」

リベルが頷きます。

「さて、フローラよ。もはや誰の邪魔も入らんだろう。ガイアスの怨念を浄化するがいい」

「分かりました。……行きます」

私はリベルの腕から離れると、姿勢を正してローゼクリスを構えます。

「遥か遠き地より来たりて邪悪を払え。導《みちび》く光、照らす光、聖なる光。――《ハイクリアランス》」

次の瞬間、まばゆい光が弾けました。

◇　◇

その後――

《ハイクリアランス》によってガイアスの怨念はきっちりと浄化され、街の温泉は元通りになりました。

それどころか、住民の方々からは「以前よりも肌がきれいになった」「足腰の痛みが消えた」「夜の寝つきがよくなった」という声が寄せられています。

いったいどういうことなのでしょうか。

行政区の庁舎にある領主の執務室で首を傾《かし》げていると、リベルが口を開きました。

「この街の地下に、火の霊脈が通っていることは以前に話したな」

「はい。そこにガイアスの怨念が隠れていたんですよね」

私がそう答えると、リベルは頷き、近くにあったソファに腰を下ろします。

「汝が《ハイクリアランス》を使ったことでガイアスの怨念は取り除かれた。……だが、それだけではない。どうやら霊脈の『格』というべきものが上がったらしい」

「どういうことですか？」

「汝の魔力が霊脈によい影響をもたらしたようだ。我なりに調べてみたが、ドラッセンの街とその周辺一帯が豊饒《ほうじょう》の気《オーラ》に包まれておる」

豊饒の気？

初めて聞く言葉ですね。

リベルに訊《たず》ねてみると、こんな答えが返ってきました。

「要するに、ドラッセンに住むだけで健康になる、ということだ。それだけではない。街の周囲に田畑を作ったなら、毎年の豊作が約束されるだろう」

「それはいいですね。開墾の計画を前倒しで進めましょう。……って、そうじゃなくて」

「どうした？」

「私はガイアスの怨念を浄化しただけですよ。それなのに、どうして豊饒の気なんてものが生まれちゃってるんですか」

「我にも分からん。だが、汝が規格外なのは今に始まったことではあるまい。最近であれば、心の世界での一件だな。相手はガイアスの本体ではなく怨念、つまりは断片のようなものだったが、それでも神は神だ。普通の人族なら恐怖に呑《の》まれ、身動きはおろか声を発することもできんだろう」

「そうなんですか？　私は何も感じませんでしたけど……」

「さすがフローラだな。神をも恐れぬ『銀の聖女』といったところか」

「私、聖女じゃないですよ」

「もちろん理解しておる。冗談だ」

リベルはフッと口元に笑みを浮かべて答えました。

「ただ、多くの者は汝のことを聖女として慕っておる。それは事実であろう」

「過大評価だと思いますけどね」

私は苦笑いを浮かべながら、執務机の上に置かれたハンドクリームに目を向けました。

パッケージには銀髪の少女と、真紅の鱗《うろこ》を持つ凛々《りり》しい竜が描かれています。

誰をモデルにしたのかは説明するまでもないでしょう。

私とリベルですね。

ドラッセンの新たな特産品となる温泉水入りの化粧品ですが、先日、無事に発売日を迎えまして、すでに街の商店に並んでいます。

ブランド名は『アルジェ』、古い言葉で『銀』を意味するそうです。

命名したのはマリアで、私の二つ名である《銀の聖女》から取ったのだとか。

販売元はマリアの実家が経営するシスティーナ商会で、ナイスナー王国どころか隣のフォジーク王国全土に広がる流通網を生かし、順次、取り扱いの範囲を広げていく予定になっています。

売上は絶好調で、あちこちから注文が殺到し、店頭でも品薄が続いているそうです。

個人的にはアルジェの評判が気になるところですが、こちらは上々……というか、予想以上のものでした。

システィーナ商会からの報告によると、購入者からはこんな感想が届いているそうです。


――化粧水を使い始めてから、肌のシミが消えたんです！

――顔のシワが減って、ツヤもよくなったんですよね。

――周囲から「若返りの薬でも飲んだの？」と言われています。


どれもこれも喜びの声ばかりで、私としては一安心です。

ただ、シミが消えたとかシワが減ったとか、試作品には存在していなかった効果なんですよね。

もしかすると、これも豊饒の気が関係しているのかもしれません。

ああ、そうそう。

アルジェの化粧品についての感想ですが、パッケージのイラストが可愛《かわい》らしい、という声も多いみたいですね。

ハンドクリームだけでなく、化粧水やボディローションにも、銀髪の少女と真紅の竜が描かれています。

「これを描いたのって、ドラッセンに住んでいる画家さんでしたっけ」

「うむ。あの油絵の作者だな」

リベルはそう言って向かい側の壁を指差します。

そこには額縁に入った絵画が飾られていました。

キャンバスには、竜の手に乗った私の姿が描かれています。

この絵は以前にリベルが十万テラで購入したもので、最初は彼の部屋に飾られていたのですが、気が付くと庁舎の執務室に移動していました。

理由を聞いてみると、この部屋には彩りが足りないから、だそうです。

だからって私の絵を飾らなくても……と思うのですが、リベルは満足そうなので、あえて撤去はしていません。

「ともあれ、化粧品はものすごく売れているみたいですし、当初の目的は達成ですね」

「当初の目的？　なんだそれは」

「忘れたんですか？　私たちのグッズに勝つことですよ」

ここドラッセンの街では木彫りの人形やぬいぐるみなど、色々な形で私やリベルのグッズが売られています。

そのすべてを取り締まることは不可能ですから、官僚さんたちと話し合った結果、領主である私が認可したグッズに限り店頭での販売を許可する、という形にしました。

グッズの売上の一部は税として納めてもらいますし、無認可のグッズに対しては厳しく対応することになっています。

それはさておき、キツネさんに調べてもらったところ、私たちのグッズより、私の考案した温泉水入りの化粧品のほうが勢いよく売れているそうです。

「フローラ、ひとついいか」

「なんでしょう」

「温泉水を使った化粧品だが、どのパッケージにも我と汝をモデルにした絵が描かれておる。……広い意味では、これもまた我々のグッズではないのか」

ええと。

うん。

正直、私もそう思ってました……。

でもほら、世の中、目を背けておきたい事実ってありますよね。

「リベル、そろそろお昼ごはんにしませんか」

「ずいぶんと強引に話題を逸らしたな……」

リベルは苦笑すると、ソファから立ち上がります。

「まあいい。今日の食事はどうする。ネコ精霊に持ってこさせるか？」

「時間もありますし、商業区に出てみませんか」

「いいだろう。行くぞ」

「はい」

そうして私とリベルは並んで執務室を出ました。

ちょうど昼休みの時間らしく、何人もの文官さんとすれ違います。

「領主様、リベル様、お疲れ様です」

「お二人とも、今日も一緒なんですね。ふふ、仲良しで羨ましいです」

「わたしもいい相手、はやく見つけたいわ……」

そういえばコンカツパーティの企画も進めないといけません。

こういう時、昔はいつも自分ひとりで考え込んでいました。

でも、今は違います。

いつも隣にいて、手助けをしてくれる相手がいます。

「リベル、ちょっと相談させてください」

「もちろんだとも。遠慮なく言うがいい」

リベルはそう答えると右手を伸ばして、私の頭をくしゃくしゃと撫でました。

まったくもう。

撫でられるのにも、すっかり慣れてしまいましたね。

幕間《まくあい》　深夜食堂『わるいねこ』

深夜、壁掛け時計が零時を回ったころ——。

リベルはソッと自室の窓を開けた。

「風よ。我を運べ」

呼びかけに応えるように、周囲で旋風が巻き起こる。

リベルの赤い髪がなびくように舞い、その身体がふわりと浮き上がった。

「少し、フローラの顔でも見ていくか」

ここは屋敷の三階である。

リベルは風を操って窓から外に出ると、まずは右に向かった。

近くの窓から中を覗き込めば、ベッドでフローラがすやすやと眠っている。

胸元に抱きしめているのはワタワタ羊のぬいぐるみだろう。

「……可愛らしいことだ」

ククッと忍び笑いを漏らすと、リベルは窓から離れた。

そのままスーッと静かに空を飛び、街の東側へと向かう。

昼間は多くの人々で賑わう商業区も、さすがにこの時間は静かなものだ。

リベルが降り立ったのは、表通りから少し離れた狭い路地だった。

どの店もすでに営業時間を過ぎており、看板を下ろしている。

だが、一軒だけ、まだ店を開けているところがあった。

看板には『しんやしょくどう　わるいねこ』と書かれている。

ここはネコ精霊たちが思いつきで始めた食堂であり、名前の通り、深夜しか営業していない。

「いずれはフローラも連れてきたいのだがな」

店の前で、ポツリ、とリベルが呟いた。

ただ、フローラはこのところ早寝早起きの健康的な生活を送っている。

それを邪魔して夜食という不健康な行為に誘うのも気が引けた。

この世に並ぶものなき精霊王といえど、フローラ相手には気を使うこともあるのだ。

眠れない夜を過ごしている日があれば連れ出せばよいだろう……と結論付け、リベルは店内に足を踏み入れた。

「しんやにごはん！　わるいネコのおみせだよ！」

「ごはんにする？　それとも、ごはんにする？」

「あっ、おうさまだ！　いらっしゃいませー」

店で働いているネコ精霊たちが、一斉にわーっと寄ってくる。

今夜は他に客がいないらしい。

リベルが奥のテーブルに腰掛けると、すぐに料理が運ばれてきた。

「我はまだ何も注文しておらんぞ」

「おうさまのきもち、ぼくたちはちゃーんとりかいしてるよ！」

「たべたいのは、これだよね！」

「まぐろ、ごしょうみください！」

そう言ってネコ精霊たちが置いていったのは、具だくさんのナベヤキウドン《鍋焼きうどん》だった。

ほわほわとした白い湯気が鍋から漂い、ハクサイ、シイタケ、ネギ、タマゴ、アブラアゲなど、さまざまな色彩の具が目を楽しませてくれる。

周囲に広がるダシの香りを楽しみながら、リベルは呟いた。

「……マグロはどこにあるのだ」

ご賞味くださいと言っていたが、鍋の中にマグロは見当たらなかった。

まあ、ネコ精霊たちが勢いで物を言うのは今に始まったことではない。

何千年も昔からそうだったし、この先も同じだろう。

ちなみにリベルが注文するつもりだったのはカラッと揚げたアツアツの鶏のカラアゲであり、ナベヤキウドンのことはまったく頭になかった。

だからこの料理はネコ精霊たちが勝手に押し付けてきたようなものだが、食べてみるとこれはこれでアリの気がしてくる。

「……美味であった」

食事を終えて満足感に浸っていると、店内に小さな影が入ってきた。

キツネの精霊である。

店内をキョロキョロと見回し、リベルの姿を見つけると、恭しく一礼した。

「リベル様、こちらにいらっしゃいましたか。命じられていた調査が終わりました」

「うむ。向かいに座るがいい。報告を聞こう」

「承知しました。では失礼して……」

キツネは再び頭を下げると、リベルのいるテーブルに向かう。

椅子は人間サイズのものだったので、後ろに引いたあと、ピョコンと上に飛び乗った。

直後、ネコ精霊たちが料理を持ってくる。

「……ワタシは何も注文していないのですが」

「いちりゅうのりょうりにんは、かくれたしょくよくをはっくつするんだぜ」

「きつねさんがたべたいのは、これだよね！」

「まぐろ、ごしょうみください！」

そう言ってネコ精霊たちが置いていったのは、カラッと揚げたアツアツのカラアゲだった。

もちろんマグロはどこにも存在しない。

「ワタシはナベヤキウドンが食べたかったのですが……」

キツネはちょっと残念そうな様子で、リベルの手元にある空っぽの鍋に視線を向けた。

リベルは少し考えたあと、こう言った。

「キツネよ。カラアゲをひとつ献上するがいい」

結局、カラアゲはリベルがすべて食べることになり、キツネはナベヤキウドンを新たに注文した。

「ワタシは、ナベヤキウドンの具ではアブラアゲが一番好きなのです。噛《か》むたびに、アブラアゲに染み込んだダシが口の中に溢《あふ》れてくるのがたまりません」

「それならばシイタケもなかなかの味わいであろう。肉厚の歯応えのあとにやってくるダシの味わいは至福と言ってよい」

「いずれにせよダシは偉大ということですね」

「うむ」

リベルは深く頷《うなず》くと、視線を上のほうに向けた。

「ダシをこの世界にもたらしたという一点に限れば、ハルトのやつを褒めてやってもよい」

頭をよぎるのは、三百年前、女神テラリスによってこの世界に召喚された来訪者の姿だ。

ハルト・ディ・ナイスナー。

天才的な魔術師にして錬金術師、さらにこの世界にさまざまな文化（おもに食）をもたらした伝道師であり、なにより、リベルにとっては三百年前、共に弟神ガイアスに立ち向かった戦友だった。

「……殺しても死にそうにない男だったのだがな」

リベルは、小声でポツリとそう漏らした。

「ナイスナー家の記録だと、ハルト殿は九十六歳で息を引き取ったようです」

ナベヤキウドンを食べ終えたキツネが、口元をナプキンで拭きながら告げる。

「孫たちに囲まれての大往生だったとか」

「満足して逝ったならなによりだ。……とはいえ、やつがその気になれば不老長寿の霊薬くらいは作れただろうに」

　ただ、ハルトは自分が持つ力というものを「オレが生まれつき持っていたわけでもなく、努力で手に入れたわけでもない、女神様に恵んでもらった外付けのずる《チート》」と呼び、私利私欲のために使うことを禁じていた。

　その信念の表れとして、己の寿命というものを素直に受け入れたのかもしれない。

「……まったく、頑固なことだ。意志が強いのも考えものだな」

「ですが、そういう人族はお嫌いではないでしょう?」

「否定はせん。我がフローラを寵愛《ちょうあい》している理由のひとつは、その意志の固さゆえにな」

「他にも理由がある、と」

「いつも言っているであろう。フローラは面白い、眺めていて飽きん」

　リベルはニッと口の端に笑みを浮かべていた。

　最後の一つとなるカラアゲを齧《かじ》り、よく味わってから呑《の》み込《こ》むと、さらに話を続ける。

「以前にも言ったかもしれんが、温泉が止まった時のことだ。心の世界でフローラは弟神ガイアスに詰め寄り、最後には投げ飛ばしておった。怨念の残滓《ざんし》といえど、神は神だ。それを圧倒するとはな。……まったく、大したものだ」

「リベル様、恐れながらひとつよろしいですか」

「うむ、申せ。我はいま機嫌がいいぞ」

「その話をするのは、これで百回目になります」

「……なんだと」

リベルは思わず目を見開いた。

「そんなに話しておるのか」

「はい。細かい言い回しはその時々で変わりますが、内容はまったく同じです」

キツネはそう言うと、いつもより少しだけ表情を緩めてリベルを見上げた。

「リベル様は、フローラリア様のことを本当に気に入っているのですね。フフ」

「キツネよ、その笑いはなんだ。視線がやけに生暖かいぞ」

「きっとナベヤキウドンが熱かったせいでしょう。フフフ……」

「ふふふ……」

「ふふふるーつぱふぇ……」

「でざーとにどうぞ……」

気が付くとネコ精霊がやってきて、テーブルにフルーツパフェを二つ置いていった。

リベルはとりあえず一番上に乗っていた生クリーム付きのバナナを食べたあと、キツネに告げた。

「ところでキツネよ。頼んでいた調査の報告を訊かせてもらおうか」

「承知いたしました。お聴きください」

そう言ってキツネは懐から手帳を取り出した。

「現在ドラッセンを覆っている豊饒《ほうじょう》の気《オーラ》ですが、テラリス様の妹神にあたるアーテリス様の力と同種のものでしょう」

「……やはり、そうであったか」

リベルは頷きつつ、女神テラリスから聞いた話を思い出す。

人族の神話には語られていないが、本来、この世界に関わる神族は三柱が存在した。

生誕を司《つかさど》るテラリス、再生を司るガイアス、そしてもう一柱、豊饒を司るアーテリス――。

だがある時、アーテリスは神を蝕《むしば》む不治の病に侵され、この世界の管理から手を引いた。

現在は神界の奥で深い眠りに就いているのだが、それはさておき――。

「今回、フローラは豊饒の気をドラッセンにもたらした。アーテリスと関係があるのか」

「……分かりません」

リベルの問い掛けに、キツネは首を横に振った。

「とはいえ、フローラリア様はハルト・ディ・ナイスナーの子孫、つまり、遥か遠き地に住まう者たちの血を引いています。その意味では、何が起こってもおかしくありません」

「なるほど、な」

キツネの言葉に、リベルは頷いた。

「確かに汝の言う通りだ。実際、今回のフローラはガイアスの怨念を《ハイクリアランス》で消し去っておるからな。ただの人族にできることではない」

「フローラリア様にはいつも驚かされてばかりです。次に何を成し遂げるのか、ワタシは楽しみにしております」

「我もだ。あるいはフローラなら、アーテリスの病を癒してみせるかもしれんな」

今夜の会計は、合計で四五六〇テラだった。

相手が精霊王であろうとツケは許さず、いつもニコニコ現金払いが『しんやしょくどう　わるいねこ』のルールである。

「キツネよ、ここは我が払おう」

「よろしいのですか？」

「官庁の文官たちが言っておった。上司というのは部下に奢《おご》るものだ、とな」

「承知いたしました。王よ、深く感謝いたします」

「よいよい。気にするな」

リベルはそう言ってポケットマネーで食事代の支払いを済ませる。

「まいどありー！」

「あっ、おみやげあるよ！」

「けんかしないように、ふたりぶんあるよ！」

そう言ってネコ精霊たちが持ってきたのは、大きな二つの紙袋だった。

その中にはプチサイズのシュークリームがぎっしりと詰まっている。

「おうさま、おなじはなしをひゃっかいしたんだよね！」

「きねんひんに、シュークリームをひゃっこつめたよ！」

「つぎはせんかい、がんばってね！」

ネコ精霊たちは無邪気な様子でワイワイと騒ぎながらリベルに告げる。

「……さすがに千回は無理と思うがな」

「いえ、意外に簡単かと」

「キツネよ。今、何か言ったか」

「おおっとワタシ、そろそろ次の予定が……」

キツネはわざとらしい口調でそう言うと、二つある紙袋のうち片方を抱えた。

直後、ポン、と白い煙を残して姿を消してしまう。

「まったく、あいつめ」

リベルは苦笑しつつ、その場に残ったもう一つの紙袋を覗き込む。

中からは甘い香りがふんわりと漂っている。

シュークリームを口に放り込んでみれば、しっとりとした食感のあとに、とろりと濃厚なカスタードクリームが溢《あふ》れ出《だ》してくる。

「……うまいな」

これは明日、フローラに食べさせてやろう。

リベルは満足の表情で『わるいねこ』を出た。

翌日、このシュークリームがきっかけになってフローラも『しんやしょくどう　わるいねこ』の存在を知るのだが、それはまた別の話である。

第三章　聖地の霧を祓います！

夏の気配が強くなってきたその日、私はドラッセンの庁舎にある領主の執務室で書類仕事をこなしていました。

今は昼休みで、さっきまでリベルと二人でサンドイッチを食べていたんですけどね。

急ぎの仕事がドドドッと舞い込んできたので、ちょっと食事を中断しています。

この書類を片付けたら、残しておいた卵焼きのサンドイッチをいただきましょう。

私、好きなものは最後に食べる派なんですよね。

……あっ。

ふとリベルのほうを見れば、残り一個となったそれを食べようとしているところでした。

まあ、他のサンドイッチはいくつか残っていますから、そっちをいただきましょうか。

……などとと考えていたら、リベルが卵焼きのサンドイッチを持ってこちらにやってきます。

「そんなに悲しそうな顔をするな。これは汝の好物であろう。食べるがいい」

「ありがとうございま……むぐっ⁉」

私がお礼を言っている矢先のことでした。

リベルはニヤリと笑うと、私の口をサンドイッチで塞いだのです。

こうなっては食べるしかありません。

もぐもぐ……。

卵焼きは温かく、ダシの風味がしっかりと利いています。

庁舎の食堂から『にゃんばーいーつ』で運んでもらったものですが、やっぱりおいしいですね。

って。

そうじゃなくて。

「リベル、いきなり何をするんですか」

「汝が卵焼きのサンドイッチを欲しそうにしていたからな。王として下賜したまでだ」

「それは嬉《うれ》しいですけど、だからって口に詰め込まなくてもいいですよね」

「クク、たまにはよかろう」

リベルは愉快そうに肩を揺らします。

その背後から、ヒョコッとネコ精霊たちが三匹、顔を出しました。

「おくさん、あーん、してましたわよ。あーん」

「なかよしですわねえ、おほほ」

「フローラさま、あんぱんあげるね」

一匹のネコ精霊が、トテトテと私のところにやってきて、小さめの紙袋を差し出しました。

「ええと、ありがとうございます……？」

いつものことながら、ネコ精霊のやることは予測がつきません。

私は戸惑いながら紙袋を受け取ります。

おっと。

思ったよりも重量感がありますね。

紙袋には『ねこのパン屋さん』という文字と、ニコニコしたネコの顔が印刷されています。

封を開けてみれば、中にはこんがりと美味しそうな色をしたアンパンが入っていました。

「たっぷりあんがはいっているよ！」

「とってもおいしいよ！」

「『ねこのぱんやさん』をよろしくね！」

なんだか可愛らしい名前ですね。

お店はどこにあるのでしょうか。

「おみせはしょうぎょうくのうらどおりにあるよ！」

「おいしかったら、かいにきてね！」

「あいことばは、まるいぱん、しかくいぱん、ぱんぱかぱーん！」

「「「またねー！」」」

ネコ精霊たちは宣伝（？）を終えると、キャッキャッと楽しそうな様子で執務室を出ていきます。


……ええっと。

「アンパン、食べます？」

「さすがに腹も膨れてきた。後でいいだろう」

「じゃあ、三時になったらはんぶんこしましょうか」

「うむ。楽しみにしておるぞ」

ところで、とリベルが続けます。

「出発の準備はどうなっておる」

「この書類が最後ですね。いざとなればキツネさんたちもいますし、私がしばらく不在でもなんとかなると思います」

◇　◇

こんにちは、フローラです。

突然ですが、このたび私とリベルはしばらく街を離れることになりました。

目的地はテラリス教の聖地、テラリスタです。

旅行？

いえいえ、違います。

そんな気楽なものではありません。

今後のナイスナー王国に関わる、重要な会議が行われるのです。

書類仕事を終え、昼食を済ませたあと、私はここまでの経緯の確認も兼ねて、リベルと話をする

ねこのパン屋さん

ことになりました。

「まず大前提なんですけど、テラリス教の教義では、王様って『女神の代理人たる教皇から王冠を授かり、国を統べる資格を得た者』なんですよね」

「我にしてみれば、その時点で納得がいかんがな」

リベルはフン、と面白くなさそうに鼻を鳴らします。

「教皇が女神の代理人だと？　そのようなこと、テラリスは一度も言っておらんぞ」

「まあまあ、そう怒らないでください」

「別に怒ってはおらん。我は眷属《けんぞく》の一柱として、テラリスの名前を勝手に使われるのが面白くないだけだ。本当に不満なら、とっくの昔に聖地を滅ぼしておる」

「確かにリベルなら可能ですよね」

テラリスタは小さな街ほどの規模しかありませんし、《竜の息吹《ドラゴンブレス》》をぶつけられたら一瞬のうちに消滅するでしょう。

テラリス教が今日まで続いていたのは、リベルに見逃してもらっていたから、と言ってもいいかもしれません。

「とりあえず、続きを喋《しゃべ》っていいですか」

「うむ。……話の腰を折ってしまったな。許せ」

「別に構いませんよ。リベルの気持ちも分かりますし」

私だって、誰かがお父様やお母様の名前を使って勝手なことを言っていたら不快に感じますし、裏路地でキュッと首を絞めてしまうかもしれません。

それはさておき――

王様が王様として認められるには教皇から王冠を授かる必要がありまして、これをテラリス教では『戴冠の儀《レガリア》』と呼んでいます。

「ただ、お父様はまだ戴冠の儀を受けていないんですよね」

「教義にあてはめるなら、まだ正式な王にはなっていないわけか」

「ええ、そういうことです」

それでもナイスナー王国の人々がお父様のことを国王として認めているのは、領主として積み上げてきた信頼のおかげでしょう。

ただ、このまま戴冠を受けずにいるのは国として体裁が悪いですし、正式な王として認められていないことを理由に反乱を起こす人が出てくるかもしれません。

「こちらとしてはできるだけ早く『戴冠の儀』を行ってほしいんですけど、教会の上層部、つまりは枢機卿《すうききょう》の方々のあいだでも意見が割れちゃってるんですよね。ナイスナー王国を危険視して、安易に戴冠を行うべきではない、って主張する人がそれなりにいるみたいです」

「意味が分からん。この国のどこが危険なのだ」

「危険というか、悪い噂《うわさ》が流れてナイスナー王国のことが誤解されているみたいです。邪悪な魔法で精霊を操っているとか、フォジーク王国の宮殿に攻め込んで王族を皆殺しにしたとか」

他にも、王都の住民を連れ去って西の荒野に住まわせているなんて話もあるそうですね。

「馬鹿馬鹿しい」

私の説明を聞いて、リベルはきっぱりと言い切りました。

「あまりにも事実と違いすぎるではないか」

確かにそうですよね。

教会の本拠地であるテラリスタは北の果てに位置しているので、そこに情報が届くまでに『デンゴンゲーム』で話が歪《ゆが》むのは当然のことかもしれませんが、ちょっと歪みすぎているようにも思えます。

ただ、私たちにとって幸いなことに、テラリス教のトップである教皇猊下《げいか》はナイスナー王国に対して好意的な立場なんですよね。

教皇猊下としては教会の内部だけで話し合っていても埒《らち》が明かないと考えたらしく、先日、書面でこんな提案がありました。


――独立の当事者として、国王のグスタフ殿とともに聖地に来て、経緯の説明を行ってほしい。


「……というわけで、今回はテラリスタで教会の皆さんと会議になります」

私はここまでの経緯を話し終えると、あらためてリベルに視線を向けました。

「こちらの目的は二つあります。ナイスナー王国に関する誤解を解くこと、そして、お父様の戴冠を認めてもらうことです。何か質問はありますか？」

「十分に理解できた。……ただ、やはりテラリス教は好かん」

「どうしてですか？」

「話がしたいのなら、教会の者たちがナイスナー王国に来ればよかろう。我のフローラを呼びつけるとは何事だ」

あれ？

今、サラッと「我のフローラ」とか言ってませんでしたか？

私が戸惑っていると、リベルは右手を伸ばして、こちらの頭を撫《な》でてきます。

「このままだと我は不機嫌のあまり聖地を吹き飛ばしかねん。しばし撫でさせるがいい」

「それで機嫌がよくなるんですか？」

「ああ。汝《なんじ》の髪は心地いいからな」

わしゃわしゃ。

ぽんぽん。

すっ……。

なんだか以前に比べると、触り方にバリエーションが出てきました。

最近は指で梳《す》くような動きも入っていますね。

「うむ」

リベルはなんだか満足そうに頷いています。

どうやら気分も落ち着いたようです。

「りゅうのいかりがしずまった……」

「せいじょさまのおかげじゃ……」

「ありがたやー、ありがたやー」

いつのまにかネコ精霊が近くにいて、そんなことを言っていました。

竜はリベルのことでしょうけど、私は聖女じゃないですよ。

《銀の聖女》というのは綽名《あだな》みたいなもので、あくまで周囲の人たちが好き勝手に言っているだけですからね。

ニホンゴの言い回しをあてはめるなら、私なんて聖女の「バッタモン」でしょう。


ちなみに——

テラリス教には正式な称号としての『聖女』というものが存在しまして、清らかな心を持ち、人々のために尽くした女性に贈られるようです。

私、あんまり心は清らかじゃないですからね。

その時点でアウトだと思います。

◇　◇

翌日の昼過ぎ、私たちはドラッセンを離れました。

最初にするべきことはお父様との合流です。

待ち合わせの場所はガルド砦《とりで》になっていますので、まずはそちらに向かいます。

「さあ、乗るがいい」

リベルは竜の姿に戻ると、こちらに左手を差し出してきました。

私はいつものように靴を脱ぎ、ピョン、と彼の掌《てのひら》に飛び乗ります。

「リベルの手って温かいですよね。ふぁ……」

「まったく、ずいぶんと可愛《かわい》らしいあくびだな」

リベルは苦笑しつつ、翼を羽搏《はばた》かせます。

風が渦巻き、その大きな身体がゆっくりと上昇を始めました。

「フローラよ。眠いのであれば、別に眠っても構わんのだぞ」

「いえ、大丈夫です」

私はリベルのほうを見上げながら答えました。

「ちょっと睡眠不足なだけですからね。実は昨日、遅くまで調べ物をしていまして」

「ほう。何を調べていたのだ」

「聖女について、ですね」

昨夜、私はひさしぶりの遠出を前にして浮かれていたらしく、高揚感を持て余し、調べ物を始めてしまいました。

これから聖地に向かうわけですから、話題の一つでも仕入れておきましょう——。

そんなことを考えて、歴史の本を開いたのです。

「……そうしたら、あっというまに時間が過ぎちゃったんですよね」

「なるほど。汝らしいな」

リベルはフッと口元を緩めて、私のことを見下ろします。

「それで、本にはどのようなことが書いてあったのだ」

「ええとですね」

私は昨夜の記憶を掘り起こしながら答えます。

「テラリス教から『聖女』の称号を与えられた女性って、これまでに三人いるんです」

「ほう」

「その中でも有名なのは三人目の《海の聖女》シミア様ですね。聖地に大津波が迫った時、それを魔法で押し返したとか」

「シミアというと、あの男だな」

リベルは苦い表情で呟《つぶや》きました。

「ヤツめ、本当に女として歴史に名を残したか」

はい？

いま、なんだか、ものすごい爆弾発言が聞こえたような……。

教会から正式に『聖女』として認められた人が男性だったとか、いやいや、そんなまさか。

私が自分の耳を疑っているうちに、リベルがさらに言葉を続けます。

「汝は知らんだろうが、《海の聖女》シミアは男だ」

「……マジですか」

「残念だが真実だ」

リベルはため息交じりに頷きます。

「シミアはいつも女の格好をして、人助けを繰り返しておった」

「どうしてそんなことを」

「本人の趣味だ」

「趣味ですか」

「うむ」

それなら仕方ないですね。

どんな衣服を着るかなんて、人それぞれの自由ですから。

「助けた相手が自分を女性と勘違いする様子が気持ちよくてたまらない、と言っておった」

ええと。

前言撤回です。

「ただの変人じゃないですか！」

「否定はせん」

リベルは軽く肩を竦めました。

「だがヤツは自分の生き方を貫き、教会さえも勘違いさせて『聖女』の称号を得た。大したものではないか」

「なんだか聖女のイメージが変わりそうです」

今の話から考えると、シミア様って清らかな心の持ち主とは言えないような……。

とはいえ人助けをしていることは事実ですから、男性という点に目を瞑《つぶ》れば、聖女の資格はあるのでしょう。

私がそんなことを考えていると、リベルがフッと愉快そうに口を緩めました。

「ところでフローラよ」

「なんですか？」

「シミアのような男でさえ教会から『聖女』の称号を与えられておるのだ。ならば、精霊王の命を救った汝はまさしく聖女と呼ばれるにふさわしいと思わんか？」

「思わないですね」

というか、私の中で『聖女』って言葉が『変人』とイコールで結ばれちゃったんですけど、どうしてくれるんですか。

いや、まあ、一人目とか二人目の聖女様はマトモな人ですよね。

……たぶん。

それから五分ほどで私たちはガルド砦に到着しました。

リベルにお願いして砦の西側に降りてもらうと、お父様が騎士たちを引き連れ、こちらにやってきます。

「フローラ、元気にしていたか」

「お久しぶりです、お父様」

私は挨拶の言葉を口にしつつ、お父様の顔を見上げて——ふと、変化に気付きます。

あれ？

以前にお会いした時より五歳くらい若返ったような印象があります。

肌ツヤがよくなったというか、みずみずしくなったというか……。

疑問に思って尋ねてみると、お父様はコホンと咳払《せきばら》いをして、どこか照れたような様子でこう答えました。

「実は、先月から化粧水を使っている。おまえの街のものだ」

「えっ、そうなんですか？」

お父様ってスキンケアにはあまり興味のなさそうなイメージですから、私としてはちょっと意外だったりします。

「以前から化粧水って使ってましたっけ」

「いいや、今回が初めてだ」

首を横に振りながら、お父様が答えます。

「娘の作ったものだからな。……父親として、気になるだろう」

「ありがとうございます。嬉《うれ》しいです」

「ドラッセンの街は、どうだ。問題はないか」

「順調です。最近は観光客だけじゃなくて、移住を希望してくれる人も増えています」

「それはなによりだ」

お父様は穏やかな笑みを浮かべると、右手で、ソッと慈しむように私の頭を撫でました。

「ドラッセンに人が集まってくるのは、おまえの領主としての手腕、そして人望あってのものだろう。よく頑張っているな」

「……なんだか今日はベタ褒めですね」

「年が明けてから、フローラとはほとんど会えていなかったからな。親としては甘くもなる」

言われて気付いたんですけど、私、実家の屋敷にはまったく帰ってないんですよね。

新年にちょっと顔を出した程度でしょうか。

もしかするとお父様を寂しがらせてしまったかもしれません。

というか。

「もしかしてお父様、私に会えて喜んでます？」

「……当然だ」

お父様は小声で呟きました。

「おまえは、わたしの大切な娘だからな」


再会の挨拶を済ませたあと、私とお父様はリベルの左手に乗せてもらい、ガルド砦を離れました。

地上では、騎士たちが手を振りながら見送ってくれます。

「国王様、フローラリア様、どうかお気をつけて！」

「リベル様、お二人のことをよろしくお願いします！」

「おみやげかってきてねー！　ぼくもあとでいくよー！」

なんだか聞き覚えのある声がしましたね。

目を凝らせば、騎士たちのあいだにチラホラとネコ精霊の姿が見えました。

あの子たち、本当にどこにでも現れますね。

というか、後で来るならお土産はいらないような……？

まあ、深く考えたら負けかもしれません。

ネコ精霊というのは毛並みどころか存在そのものがフワフワですからね。

「フローラよ」

ふと、頭上からリベルが話しかけてきます。

「このまま聖地に行けばよいのだな」

「はい。ここから北に向かってください」

「よかろう、任せておけ」

リベルは頼もしげに頷《うなず》くと、大きく翼を羽搏かせ、南に進路を取りました。

……あれ？

「リベル、待ってください。どうして反対に向かってるんですか」

「なんだと」

「北はあっちです、あっち」

「……ふむ」

リベルは長い首で周囲を見回すと、ぐるりと右に大きく旋回しました。

それからあらためて北へ進路を取り、移動を再開します。

「……念のために言っておくが」

リベルがぶっきらぼうな調子で告げます。

「方角を間違えたのは、汝《なんじ》をからかうための冗談だ。北がこちらであることは、もちろん最初から分かっていたぞ」

「本当ですか？　勘違いしてませんでしたか？」

「……さてな」

あ、ごまかしましたね。

この様子だと、やっぱり北がどっちなのか分かっていなかったようです。

リベルってわりと方向音痴なところがありますよね。

私が苦笑していると、お父様が声を掛けてきます。

「リベル殿とは、うまくやっているようだな」

「ええ。たまに意地悪されますけどね」

「それも含めて、仲がいい証拠だ」

お父様はそう言って肩を竦《すく》めると、リベルの方を見上げて言いました。

「リベル殿。フローラは迷惑を掛けておりませんか」

「グスタフ、心配することはない。汝の娘は以前と変わらず愉快なままだ。聖地でもきっとやらかしてくれるであろう」

「やらかすってなんですか、やらかすって」

私は思わず口を挟んでいました。

「汝ならジュージュツで教会の関係者を片っ端から投げ飛ばすくらいはやりかねん、ということだ」

リベルは冗談ぽい口調でそう告げると、軽く肩を竦めました。

「そうは思わんか、グスタフ」

「……否定はいたしません」

「いやいやお父様、そこはきっちり否定してくださいよ」

「クハハハハッ、さすがだなグスタフ。娘のことをよく理解しておる」

「待ってください。私、そんなに非常識なことはしていませんよ」

「ほう」

リベルがなぜか愉快そうに声を上げました。

「フローラよ、本当にそう言い切れるか？」

「えっ？」

「胸に手を当てて考えてみるがいい。昨年の秋、フォジーク王国の宮殿まで直談判《じかだんぱん》に行こうと言い出したのは誰だ？　そして愚かな王にイッポンゼオイを決め、城下からすべての平民を連れ出したのは誰だ？」

「……ええと」

「そもそもナイスナー王国の独立も、汝がその場の勢いで言い出したことであろう」

「あ、はい……」

これは反論できません。

冷静に考えると、私、かなりやらかしてますね。

「でも、今回は会議に出席するだけですし、前みたいに暴れたりしませんよ」

「さて、どうだかな」

「本当ですって。賭けてもいいです」

……あっ。

口に出してから気付きましたけど、これ、ニホンゴで言うところの『マケフラグ』っぽいですね。

でも、くじけません。

聖地では深窓の令嬢として静かに佇《たたず》みますよ。

えい、えい、おー。


私がひとり決意を固めているうちに、リベルはナイスナー王国の国境線を越えました。

ここからは隣国であるフォジーク王国の領土です。

上空の通行許可については事前にキツネさんが取り付けてくれたので、関所などに立ち寄る必要はありません。

リベルにはそのまま一直線にテラリスタへと向かってもらいます。

「フローラよ。汝は聖地に行ったことはあるのか」

「ええ、何度かお邪魔してますよ」

我が家は以前から大司教のユーグ様と懇意にしていることもあって、一般的な貴族家よりも頻繁に聖地を訪れています。

「ならば、教皇とやらに会ったこともあるわけだな」

「そうですね。苦労人のおじさん、って感じでした」

教皇というのは教会の最高権力者ということになっていますが、実態としては上層部を構成する枢機卿《すうききょう》たちの意見の調整役であり、かなり気を使う立場のようです。

実際、三年前なんてストレスのあまり胃に穴が開いて倒れちゃいましたからね。

「あの時は本当にビックリしました。お父様も一緒にいたから覚えてますよね」

「ああ。もちろんだとも」

お父様はしみじみとした様子で頷きました。

「夏の降臨祭《フエスタ》で教皇猊下《げいか》が血を吐いて倒れた時は、わたしもかなり驚いた。……あの場にフローラが居合わせていなかったら、どうなっていたことか」

「ほほう、フローラが関わっておるのか」

リベルは興味深そうに声を上げました。

「いったい何をしたのだ？」

「大したことじゃないですよ。回復魔法で教皇猊下を治療しただけです」

「つまりフローラは教皇にとって命の恩人ということか。なるほど、なるほど」

リベルはニヤッと面白がるような表情を浮かべて頷きました。

「少し、教皇という男に興味が湧いた。女神テラリスの眷属《けんぞく》として、一度くらいは話をしてやってもかまわん」

「ものすごい上から目線ですね……」

「当然であろう。我は最強の竜にして精霊の王なのだからな」

リベルは自信たっぷりにそう言い切りました。

◇　◇

『戴冠の儀』に関する会議は明日から開催されるので、私たちは前日入りする形になります。

いくつかの貴族領を越えて北に進むと、やがて前方に高い山が見えてきました。

ここはボルドラ山脈と呼ばれ、聖地と外界を隔てる一種の境界線になっています。

徒歩や馬車でテラリスタに向かう場合、この山々を抜けるのが大変なのですが、今回は空を飛んでいるため、それほどの苦労はありません。

リベルは力強く羽搏《はばた》き、ボルドラ山脈を上空から軽々と越えていきます。

風が気持ちいいですね。

私とお父様はリベルの左手に乗ったまま、遠くに広がる海を眺めていました。

「海、青いですね」

「ああ」

私の左隣で、お父様が小さく頷きます。

「こんな高い場所から海を見るのは、生まれて初めてだ。……アセリアが生きていたら、きっと喜んだだろう」

「お母様、海が好きでしたもんね」

私はそう答えながら、右手で、頭の左側に付けている月と星の髪飾りに触れていました。

この髪飾りは、昔、私を魔物から庇《かば》って命を落としたお母様の形見です。

お母様は《青の剣姫》と呼ばれる有名な剣士で、お父様と結婚する以前はあちこちを旅しつつ、凶悪な魔物や、悪事を働く人々を成敗していたそうです。

ニホンゴで言うところの『ジダイゲキ』の主人公みたいな人だった……と言えば理解しやすいかもしれませんね。

昔話はさておき——

ボルドラ山脈を越え、海に向かって北上していくと、海岸近くの丘陵地帯に小さな街が見えてきます。

街の名前はテラリスタ、テラリス教の聖地とされる場所です。

古い伝承によると、テラリスタに降臨したテラリス様は人々に魔法という力を与え、この場所が安息の地となるように特別な加護をもたらしたそうです。

その後、長い月日を経るうちに加護は失われてしまったそうですが、テラリス教にとって重要な場所であることは変わりなく、現在も多くの人々が巡礼に訪れています。

「さて、フローラよ」

テラリスタが近づいてきたところで、リベルが私に呼びかけてきます。

「そろそろ聖地だが、どこに降りればよいのだ」

「ちょっと待ってくださいね。よさそうな場所を探してみます」

私はそう返事をすると、視線をテラリスタに向けました。


——異変が起こったのは、その時です。


聖地の西側から黒紫色の霧が現れたかと思うと、ものすごい勢いで周囲に広がり、あっというまに街全体を覆ってしまったのです。

「『黒死の霧』だと……？」

驚いたようにリベルが声を上げました。

「あれに近づくわけにはいかん。ひとまずここで止まるぞ」

「リベル殿はあの霧をご存じなのですか」

お父様の問い掛けに、リベルは険しい表情で頷きます。

「『黒死の霧』は弟神ガイアスが生み出す呪詛《じゅそ》のひとつだ。あらゆる生命を蝕《むしば》み、衰弱させる」

「では、聖地の人々は……」

「このまま放っておけば一人残らず死に絶えるだろう」

「なっ……！」

お父様はカッと眼《め》を見開いて絶句しました。

私も驚きのあまり言葉を失っていました。

黒死の霧。

なぜそんなものが、いきなり聖地に現れたのでしょう。

頭をよぎるのは昨年の秋、フォジーク王国の城下街に魔物が現れた事件です。

なんだか状況が似ているような気がします。

……いえ。

考えるのは後にしましょう。

目の前で命が失われるのを、見過ごすわけにはいきません。

……そうですよね、お母様。

私は瞼《まぶた》を閉じ、大きく息を吸います。

いったん呼吸を止め、ゆっくりと息を吐きました。

これは小さいころ、お母様に教えてもらった『心を落ち着けるコツ』です。

久しぶりに試してみましたが、やっぱり効果はありますね。

瞼を開いた時、頭の中はクリアに澄み渡っていました。

私がやるべきことは、なんでしょうか。

それがはっきりと理解できました。

「お父様、下がっていてください」

「何をするつもりだ？」

「霧を祓《はら》います。——ローゼクリス」

呼びかけると、ポンと白い煙が弾けました。

私の右手に、樹木の枝が絡み合ったような形の杖《つえ》が現れます。

先端には赤色の水晶玉が据え付けられており、ピカピカと光を放っています。

『おねえちゃん、ボクの出番かな』

「はい。これから黒死の霧を祓います。できますか」

『おねえちゃんの《ハイクリアランス》なら五分五分かな。やってみる価値はあるよ。まずは王権だね』

「分かりました」

私は頷きつつ、ここからの行動を思い描きます。

王権を得るには、リベルにくちづけをしてもらう必要があります。

普段なら恥ずかしくて自分からは言い出せませんが、今は緊急事態ですからね。

私は羞恥心を抑え込むと、左手を掲げてリベルに告げます。

「王権をいただけますか」

「ほう」

リベルはなぜか嬉しそうに声を上げました。

「汝《なんじ》のその声、久しぶりに聞いたな」

「普段と違いますか」

「ああ、凛《りん》として心地よい声だ。我が王権、存分に振るうがいい」

リベルは機嫌よく答えると、竜の姿のまま顔を近づけてきます。

そして私の左手の甲に、そっ、と軽く撫でるようにくちづけを落としました。

……温かいですね。

見れば、リベルにくちづけされた場所に紋章が浮かんでいました。

それは王権の代行者を示すものであり、模様としては竜の顔を正面から象《かたど》ったような形になっています。

「行きます」

私はそう宣言すると、ローゼクリスに魔力を注ぎ込みました。

杖の先端部にある水晶玉が輝きを放ち、美しいバラの形へと変わります。

『おねえちゃん。これで四回目だけど、今までにないくらい魔力が強くなってるよ』

「理由は分かりますか」

『王権の紋章がおねえちゃんに馴染《なじ》んできたから、かな。……いつでもいけるよ』

私はローゼクリスの言葉に頷《うなず》くと、大声で呪文を唱えました。

「遥《はる》か遠き地より来たりて邪悪を払え。導く光、照らす光、聖なる光。――《ハイクリアランス》」

次の瞬間、清らかな閃光《せんこう》がテラリスタ全体を覆いました。

光はしばらくのあいだ聖地を包んでいましたが、少しずつ薄くなり、やがて完全に消えてしまいました。

黒死の霧はどこにも残っていません。

「ガイアスの匂いも消えた。完全に浄化されたようだな」

リベルは、すんすん、と鼻を震わせながら私に告げます。

「黒死の霧をこうも簡単に消し去るとは、やはり汝には特別な才能があるのだろう」

「そうなんですか？」

「我の《竜の息吹《ドラゴンブレス》》にも浄化の力は備わっておるが、黒死の霧を消滅させるには多くの時間が掛かる。汝のように一瞬で消し飛ばすことは不可能だ」

ただ、とリベルは言葉を続けます。

「さすがに聖杖の負担も大きいようだな」

ローゼクリスに視線を向ければ、杖全体がへにょりと力を失ったように垂れ下がっていました。

水晶のバラも萎《しお》れ、すっかり元気をなくしています。

「ローゼクリス、大丈夫ですか？」

『うーん、ちょっとキツいかも。ボク、しばらくおうちで休んでるね』

ローゼクリスはそう告げると、ポンと白い煙を残して姿を消しました。

おそらくドラッセンの屋敷に戻ったのでしょう。

「さて、フローラよ」

リベルはどこか試すような口調で私に問い掛けてきます。

「聖地の者たちは短時間とはいえ黒死の霧に触れておった。体力、気力ともに大きく消耗しておるだろう。次はどうする？」

「被害状況の確認、それから聖地の人たちの治療ですね」

「なるほど。だが、我らだけでは手が足りんぞ」

「そこは大丈夫です。ネコの手を借りましょう」

私の言葉に、リベルはフッと笑みを浮かべました。

「あやつを呼ぶのだな」

「大正解です。――ミケーネさん！」

「はーい！」

元気のいい声が響いたかと思うと、目の前でポンと白い煙が弾けました。

煙の中からミケーネさんが飛び出し、私の右肩に飛び乗ります。

「ぼくだよ！　フローラさま、ご用事かな！」

「ええ。ちょっと手伝ってほしいことがありまして」

私はそう言って、ミケーネさんに状況をザッと説明します。

「……というわけで、手を貸してもらえませんか」

「はーい！　それじゃあ、まずは《ネコゲート》で応援を呼ぶね！」

ミケーネさんは即答すると、ピョン、と私の肩から飛び降りました。

そして右の前足を掲げ、くるくると時計回りに動かしながら詠唱を始めます。

「遥か遠き地からいっぱいきたれー。まるいねこー、まんまるなねこー、まるっとしたねこー」

それ、ぜんぶ同じじゃないですか？

「ちがうよー、ちがうよー。ちょっと雰囲気がちがうから、イメージしてみてね！」

そう言うならイメージしてみましょうか。

まるいねこ。

まんまるなねこ。

まるっとしたねこ。

……うーん。

分かったような、分からないような……。

私が悩んでいるうちに、天空に大きな魔法陣が浮かんでいました。

サイズとしては翼を広げたリベルと同じくらいですね。

形状としてはひとつの円とふたつの三角形を組み合わせたもので、ネコの顔に似ています。

魔法陣がパッと輝きを放ち、そこからパラシュートを背負ったネコ精霊たちがふわりふわりと落下してきます。

「どうも！　えすえすあーるのねこです！」

「ねこがちゃ！　いまならごせんかいまわせます！」

「かきんはやちんまで！　ねことのやくそくだよ！」

ネコ精霊たちの発言はいつものように不思議だらけです。

えすえすあーるって、いったいなんでしょうか。

念のために説明しておくと《ネコゲート》は異世界からネコたちを召喚し、精霊としての力を与える魔法です。

ですから『がちゃ』とか『かきん』というのは、きっと別の世界の言葉でしょう。

漠然とした印象ですが、なんとなく人を惑わす不穏な雰囲気を感じます。

まあ、気のせいかもしれませんけどね。

「ところでミケーネさん。今回は何匹くらい召喚するんですか？」

「えっとねー。そこそこだよ！」

「今のところ、三〇〇匹を超えておるな」

周囲を見回しながらリベルが告げました。

「魔法陣の規模から推測するに、最終的には五〇〇〇匹前後といったところか」

「うん！　そんなに広い街じゃないから、それに合わせてみたよ！」

確かにそれは大事ですね。

以前のように二万匹も三万匹も召喚したら、ネコ精霊だらけで道が渋滞を起こしちゃいます。

まあ、ネコ精霊たちがむぎゅっと押し合いしている姿は可愛《かわい》らしいでしょうけど、今はそんな暢《のん》気《き》な状況じゃないですからね。

「じゃあ、ぼくも行ってくるね！」

ミケーネさんはそう言うと、ポン、と白い煙を残して姿を消しました。

きっと聖地に向かったのでしょう。

「フローラよ。我々はどうする」

「とりあえず地上に降りましょう。あっちに向かってもらっていいですか」

私はそう言って、テラリスタの南側に広がる草原を指差しました。

◇　◇

「おーらい、おーらい」

「ぴこーん。おうさまがちゃくりくします、ごちゅういください！」

「フローラさま！　おうさまがかんぜんにていしするまで、おててからおりないでね！」

ネコ精霊たちに誘導され、リベルが草原の上にゆっくりと降り立ちます。

ズン……！　という控えめな地響きとともに、わずかに砂埃《すなぼこり》が舞い上がりました。

いつもより着地が穏やかというか、丁寧な印象ですね。

聖地の人たちはガイアスの邪気によって弱っているわけですし、リベルなりに気を使ってくれたのかもしれません。

身体が辛い時って、ちょっとした物音でも気になりますもんね。

「さあ、到着したぞ。二人とも降りるがいい」

「ありがとうございます。助かりました」

「リベル殿、かたじけない」

私とお父様はリベルにお礼を告げると、靴を履き、その左手から降りました。

さて、と。

やるべきことはたくさんあります。

ネコ精霊たちに指示を出しつつ、聖地の被害状況を確認し、霧によって命の危機に陥った人に対して回復魔法での治療を行う――。

一人ですべてをこなすのは、どう考えても無理がありますよね。

それでも頑張ってしまうのが過去の私でしたが、今はちょっと違います。

周囲を頼ることを少しくらいは覚えました。

「リベル、お父様。ちょっとお願いしてもいいですか」

「我は構わんぞ。遠慮なく言うがいい」

「わたしも異存はない。フローラ、おまえの考えを話してみなさい」

「ありがとうございます。私は聖地の人たちの手当てに専念しますから、二人はネコ精霊の指揮と、被害状況の把握をやってもらっていいですか？」

私の言葉に、リベルとお父様は揃《そろ》って頷いてくれました。


テラリスタに入ってすぐの場所には広場があったので、そこを臨時の救護所として使うことにしました。

ネコ精霊にお願いして、まずは小さな子供やおじいさん、おばあさん、あるいは大人であっても容体が悪そうな方々を一ヶ所に集めてもらいます。

「ぴーぽー！　ぴーぽー！」

「にゃんきゅうしゃです！　にゃんきゅうしゃがとおります！」

「じゃますするやつは、ふっとばすよ！」

吹っ飛ばさないでください。

そこは平和的に行きましょう。

ネコ精霊たちは担架に人を乗せ、次から次へと広場に運び込んできます。

担架がどこから出てきたのかは分かりませんが、さっき「あいてむぼっくす！」や「すとれえじ！」といった声が聞こえてきたので、きっと精霊倉庫から持ってきたのでしょう。

精霊倉庫というのは精霊だけが利用できる特別な空間で、色々なものが貯蔵されています。

いったいどんなものが入っているのか、一度、確認してみたいところです。

さて。

魔力も練り終わったので、そろそろ治療を始めましょうか。

私はあらためて広場を見回します。

周囲にはたくさんの人々が寝かされており、誰も彼もが蒼褪《あおざ》めた顔をして、苦しげに呻《うめ》き声《ごえ》を漏らしています。

一人一人に回復魔法を掛けて回るのは現実的ではありませんし、ここは効果範囲の広い《ワイドリザレクション》の使いどころですね。

「……やりますか」

私は自分の顔を、両手で包むようにペチンと叩《たた》いて気合を入れます。

大きく深呼吸をして、極級の回復魔法を発動させます。

「――《ワイドリザレクション》」

言葉と共に、暖かな光が広がりました。

銀色の粒子が渦を巻き、霧によって衰弱した人たちを癒《いや》していきます。

その効果はかなりのものでした。

人々の顔には血色が戻り、呻き声も聞こえなくなりました。

やがて一人、また一人と意識を取り戻し、その場から身を起こします。

「ここは……？」

「霧はどこにいったんだ？」

「ねえねえ、あっちにいるのってフローラリア様じゃない？」

どうやら私のことを知っている方もいるようですね。

まあ、当然と言えば当然かもしれません。

私はこれまでに何度もテラリスタを訪れていますし、教会のスペースを借りて治療活動を行ったり、教皇猊下《げいか》が血を吐いて倒れた時にはその場で回復魔法を使ったりと、顔と名前が知られるようなことを何度もやっていますからね。

個人的な話はさておき、意識を取り戻した人たちに事情を説明する必要がありますね。

私がやってもいいのですが、容体の悪い人はまだまだ広場に運び込まれています。

ここは別の人、いえ、精霊に任せるべきでしょう。

「——キツネさん」

「お呼びでしょうか、フローラリア様」

私が呼びかけるのと同時に、足元で白い煙がポンと弾けました。

そうして現れたのは黒い燕尾服《えんびふく》を纏《まと》ったキツネさんです。

恭しくこちらを見上げながら、重低音のダンディボイスで語り掛けてきます。

「状況はすでに把握しております。フローラリア様、『黒死の霧』への対応、実にお見事でした。

勝手ながら察するに、ワタシの役割としては事情の説明でしょうか」

「そうですね。私は治療に専念しますから、細かい話はキツネさんにお任せします」

「承知いたしました。聖地の者たちにフローラリア様がいかに慈悲深い方であるかを語って聞かせ、今回の恩を絶対に忘れぬよう、心に深く刻んでみせましょう」

「やめてください」

私はただ、自分にできることをやっただけですからね。

聖地の人たちに恩を着せたいわけではありません。

キツネさんには正確に事情を伝えるようにお願いして、私は治療に戻りました。

新たに運ばれてくる人たちに対して《ワイドリザレクション》を使い、霧によるダメージを回復させていきます。

……おや？

「足が……。オレの左足が、戻ってる！」

「あたしの手、火傷《やけど》の痕《あと》がなくなってる……！」

「おおおおおおっ、ぎっくり腰が治っておる。痛くない、痛くないぞ！」

気が付くと、広場のあちこちで喜びの声が上がっていました。

《ワイドリザレクション》は最高位の回復魔法だけあって、瀕死《ひんし》の人を一瞬のうちに全快させるほどの威力を持っています。

その効果の大きさゆえに、霧によるダメージだけでなく、他の傷もまるごと回復させる結果になったのでしょう。

周囲の人々はとても嬉しそうにしていますし、まあ、悪いことではありませんよね。

その後も《ワイドリザレクション》での治療を繰り返し、やがて残りの魔力も少なくなってきた矢先、リベルが私のところに来て告げました。

「フローラ、ご苦労であった。具合の悪い者はもう残っておらんようだ」

「ありがとうございます。じゃあ、これで一段落ですね」

ふう。

今日だけで《ワイドリザレクション》をどれだけ使ったかは分かりませんが、ともあれ、聖地の人たちの治療を終えることができました。

こういう時って、やりとげた、という達成感がありますよね。

周囲を見回せば、聖地の人々はネコ精霊たちに誘導され、それぞれの家に帰りつつありました。

私は満たされた気持ちになりながら、うーん、と大きく背伸びをしました。

……あっ。

フッと一瞬だけ意識が遠ざかり、両足から力が抜けました。

緊張の糸が切れてしまったせいかもしれません。

身体がグラリと後ろに傾きます。

そのまま倒れそうになったところで、リベルが左腕で受け止めてくれました。

「フローラ、大丈夫か」

「すみません、ちょっと気が抜けちゃいました」

「無理もあるまい。汝《なんじ》は偉業を成し遂げたのだからな」

「それはさすがに褒めすぎですよ。ところで、被害状況はどうでした？」

「安心せよ。死者は出ておらん」

それはよかったです。

私はホッと安堵《あんど》のため息を吐《つ》きました。

ついでに欠伸《あくび》も出てきます。

「ふぁ……」

「さすがに疲れておるようだな」

「そうですね。ちょっと眠気が……」

「しばらく寝ているがいい。後始末は我とグスタフがやっておこう」

「いえ、それはさすがに申し訳ないような……。街の人たちの治療も終わったし、他のこともやりますよ」

「汝は頑張りすぎた」

リベルはフッと口の端を緩めて告げます。

「街の者たちの治療も終わったのだから、汝は休むがいい。休まねばならん。休め」

三回も言われてしまいました。

しかも最後は命令口調だったので、なんだかドキッとしてしまいます。

何か言葉を返そうにも、アワアワしてうまくまとまりません。

そのあいだにリベルは顔を上げ、ネコ精霊たちに呼びかけました。

「手の空いた者からこちらに来るがいい。フローラをモフモフして眠らせよ」

えっ？

「おうさまがよんでるよ！」

「ぼくたちのけなみのでばんだね！」

「えす・えむ・てぃー！」

「すーぱー・もふもふ・たいむ！」

「おれさまのけなみにおぼれなー！」

あちこちから返事が聞こえたかと思うと、たくさんのネコ精霊たちがドドッとものすごい勢いでこちらに殺到してきます。

それはまるでネコの大津波でした。

あわわわわわわ……！

私がいきなりのことに驚いている一方で、リベルはいつもどおりの余裕を崩さずに告げます。

「フローラ、汝はよく働いた。あとは我らに任せるがいい」

そして私はネコ精霊の群れに呑《の》み込《こ》まれました。

暖かで柔らかな毛並みに包まれ、まるで天国にいるような心地です。

「むにゃ……」

そうしてフワフワとポカポカに包まれるうち、私は深い眠りに落ちていました——。

◇　◇

フローラが眠るのを確認したあと、リベルはネコ精霊の群れから離れた。

住民たちの治療は終わったが、自宅へ送り届けるなどの後始末は残っている。

いつのまにか空は茜色《あかねいろ》に染まっており、夕陽《ゆうひ》がリベルの赤い髪を照らしていた。

周囲のネコ精霊たちに指示を飛ばしていると、キツネが近くに来て、恭しい態度でこう告げた。

「リベル様、恐れながら申し上げます。現在、テラリス教の枢機卿《すうききょう》たちが何名かこちらに来ております。フローラリア様に礼を言いたい、とのことですが、どのように対応いたしましょうか」

「フローラの休息が最優先に決まっておるだろう。枢機卿たちには後で来るように伝えよ。……いや、待て。せっかくの機会だ。我が直々に話すとしよう」

「よろしいのですか？」

「テラリス教の者たちを見定めるいい機会だ。案内せよ」

「御意に」

キツネは右腕を腹に、左腕を背中に付けると、優雅な仕草で頭を下げた。

それからクルリと回れ右をして、広場の入口に向かって歩き始める。

リベルは悠然とした足取りでその後ろに続いた。

「キツネよ。枢機卿どもはどのような様子なのだ」

「皆、フローラリア様に深く感謝しております。ここに来ているのはグスタフ殿の戴冠に賛成している方々らしく、会議では反対派を説得してみせる、と意気込んでおりました」

「それは好都合だな」

今回、フローラたちが聖地に来た最大の目的は、『戴冠の儀』に反対する者たちの説得である。

反対派としてはナイスナー王国を危険視しているようだが、フローラが黒死の霧を払ったこと、そして住民の治療を献身的に行ったことは、ナイスナー王国にとって大きな追い風になるだろう。

リベルが内心で考えをまとめていると、向こうからネコ精霊たちが駆け寄ってきた。

「おうさま！　おうさま！　こっちだよ！」

「すうきけい？　すうききょう？　とにかく、えらいひとをもてなしておいたよ！」

「もてなしというか、もふなし？」

ネコ精霊の言葉というのは、その毛並みと同じくらいフワフワとしたものであり、精霊王であるリベルの理解を超えることも多い。

今回もネコ精霊たちが何を言っているのかよく分からなかったが、リベルは威厳たっぷりに頷《うなず》くだけ頷いて、さらに歩を進める。

ほどなくして目に入ってきたのは、ネコ精霊たちにモフモフされる枢機卿たちの姿だった。

「おお、なんと心地のいい毛並み……」

「テラリス様、貴方《あなた》の慈愛を感じますぞ……」

「このまま死んでも悔いはありません……」

枢機卿たちは至福の表情を浮かべながらネコ精霊たちの毛並みに溺れている。

「キツネよ。これでは話もできんぞ」

「困りましたね……」

リベルとキツネは困ったように顔を見合わせた、その矢先――。

「ご安心ください。わたくしめが残っておりますぞ」

白い法衣《ほうえ》を纏った、丸顔で恰幅《かっぷく》のいい男性が声を掛けてきた。

「ほう。汝も枢機卿の一人か」

「いかにもその通りでございます。自分はヘルベルト・ディ・システィーナ、マリアンヌの父親、と言えばご理解いただけるでしょうか」

「マリアンヌ？　……ああ、マリアか」

リベルが思い浮かべたのは、フローラの親友、マリアンヌ・ディ・システィーナの姿だった。

確かに言われてみれば、ヘルベルトと名乗った男の顔立ちは、マリアに近いものがある。

「ネコ精霊たちの毛並みは魅力的ですが、理性を残した者が誰もいないのは問題でしょう。そう思いまして、必死に耐えておった次第です」

ヘルベルトはそう言いながらも、チラチラとネコ精霊たちに視線を送っている。

本音ではその毛並みに手を触れたくて仕方ないのだろう。

リベルは苦笑しつつ、名乗りを上げることにした。

「我はフローラの守護者にして精霊の王、リベルギウスである。汝のことは時々耳にしておるぞ。

商会を営んでおるそうだな」

「精霊王様もご存じでしたか。これは光栄です」

ヘルベルトはその場に跪《ひざまず》くと、深く頭《こうべ》を垂れてそう告げた。

「とはいえ商会のことは妻とマリアンヌに任せきりでして、自分は聖地で枢機卿としての職務に専念しております」

「そうだったのか。グスタフとも親しいようだな」

「幼いころからの付き合いです。後で挨拶に行こうかと」

「結構なことだ。やつも喜ぶだろう。……さて」

リベルはあらためてヘルベルトに視線を向けると、本題に入ることにした。

「汝らはフローラに礼を言いに来たそうだな」

「はい。ここまでの経緯はネコ精霊の皆様、そしてキツネ様に説明していただきました。我々はフローラさん……いえ、フローラリア様に深く感謝しております」

「あえて呼び直すことはない。汝にとってフローラは娘の友人なのだろう。普段通りで構わん」

「恐縮です。ともあれ、お礼の言葉を申し上げさせていただければ、と思うのですが、いかがでしょうか」

「汝の気持ちは受け取ろう。だが、今のフローラは深い眠りに就いておる」

「なんと……」

ヘルベルトは驚きに目を丸くすると、さらに言葉を続ける。

「念のために確認させてください。精霊王様のおっしゃる『深い眠り』とはただの眠りでしょうか。それとも、命に関わるような事態を遠回しにお伝えなさっているとか……」

「どうやら汝はかなりの心配性らしいな」

リベルは苦笑しながら告げる。

「安心するがいい。フローラは魔力の消耗で眠っておるだけだ。夜には目を覚ますであろう」

「おお、そういうことでしたか」

ヘルベルトは安堵の表情を浮かべると、ほっと胸を撫《な》で下《お》ろした。

「フローラさんは昔から無茶《むちゃ》ばかりでしたから、ついつい心配になってしまったのです。……ともあれ、事情は理解いたしました。礼はまた別の機会に述べさせていただこうと思います」

「うむ、そうするがいい」

ヘルベルトの言葉に、リベルは深く頷いた。

「他に言っておきたいことはないか」

「お気遣いありがとうございます。……これはあくまで内々の話なのですが、以前から教会内部ではフローラさんを正式な聖女として認定してはどうか、という声が上がっております」

「ほう」

「フローラさんは三年前に教皇猊下《げいか》の命を救っておりますし、クロフォード殿下の婚約者だったころは貧しい者のために治療活動や炊き出しを積極的に行ってらっしゃいました。さらに今回は、こうしてテラリスタの危機を救ってくださったわけですし、功績としては十分でしょう」

「なるほど。だが、フローラが聖女の地位を望むとは思えんな」

「自分もそう思います。ともあれ、教会の内部にもフローラさんを慕う者がいる、ということはご理解ください」

そうしてシスティーナ伯爵との話を終えた後、しばらくのあいだリベルはずっと上機嫌だった。

「……ククッ」

知らず知らずのうちに笑みを零《こぼ》しては、ハッと気付いて表情を引き締める。

そんなことを繰り返していた。

「リベル様。何かよいことでもございましたか」

傍《そば》に控えていたキツネが訊ねると、リベルはこう答えた。

「どんな形であれ、フローラが評価されるのは嬉《うれ》しいことだな。汝もそう思うであろう」

第四章　教皇猊下から感謝されました！

ネコ精霊に包まれながら眠りに落ちた私は、目を覚ますと、フカフカのベッドの上に寝かされていました。

すぐ左には大きな出窓があって、空には星々が瞬いています。

どうやら時間帯としては夜のようです。

「ここは……？」

ゆっくりと身を起こしながら周囲を見回すと、薄暗い部屋の中にはイスやテーブル、鏡台などが置かれています。

調度品とその配置は、私にとって見覚えのあるものでした。

「なるほど」

ここがどこなのか、だいたい見当が付きましたよ。

聖地には『イツツボシ』という名前の、ナイスナー家が古くから懇意にしている宿がありますが、おそらく、その一室でしょう。

ちなみに宿名はニホンゴから付けたもので、高級かつ上質、といった意味合いです。

右側に目を向ければ、壁には額縁に入った小さな絵が飾られています。

「……懐かしいですね」

私は思わず呟いていました。

この額縁に入っている絵は、幼いころに私が描いたものです。

モデルは『イッツボシ』の支配人さんで、スーツ姿の決まったナイスミドルなのですが、絵の中では人間かどうかも怪しい姿になっています。

手が四本、足が八本、どれもタコのようにフニャフニャです。

支配人さんが忙しく働いている姿を、子供なりに表現しようとした……のだと思いますが、十年ほど昔のことなので、ちょっと記憶が怪しいです。

幼いころの私は根拠のない自信に満ち溢《あふ》れており、この（ひどい）絵を得意げに『イッツボシ』の支配人さんにプレゼントしたんですよね……。

そうしたら、なぜか大喜びされました。

たぶん絵のクオリティとは関係なく、小さな子供が一生懸命になって自分の似顔絵を書いてくれた、ということが嬉しかったのでしょう。

支配人さんはその場で小躍りして、さらには絵を額縁に入れ、客室に飾ってしまったわけです。

「……うう」

当時のことを思い出すと、だんだん恥ずかしくなってきます。

私は枕を抱えると、しばらくベッドの上を転げまわりました。

すると、向かい側にあるドアがコンコン、とノックされました。

私の記憶が正しければ、この客室はスイートルームになっており、ドアの向こうはリビングに繋がっているはずです。

「フローラよ、起きておるのか」

ドア越しに聞こえてきたのはリベルの声でした。

私は枕を手放すと、ベッドから立ち上がりながら答えます。

「いま起きたところです。そっちに行くので待っててください」

「よかろう。身体に支障はないか？」

「ええ、大丈夫です」

私はリベルの言葉に答えたあと、鏡台の前で簡単に身支度を整えます。

髪型よし、表情よし。

最後に服のシワを魔法で消し、寝室のドアを開けます。

リビングに出てすぐ左側のところにはリベルが立っており、フッと微笑みながら私に話しかけてきます。

「よく眠っておったようだな。疲れは取れたか」

「おかげさまで元気いっぱいです。ここは『イッツボシ』ですか」

「うむ。グスタフなら別室に泊まっておるぞ。家族なのだから同室で構わんと思うのだがな」

「家族であろうと淑女《レディ》は淑女《レディ》ってことなんだと思います」

そういうところ、すごく紳士的ですよね。

私としては高ポイントです。

そんなことを考えていると、不意に、くう、と私のお腹《なか》が鳴りました。

「……聞こえましたか」

「何がだ？」

「いえ、気にしないでください」

「ところでフローラ、汝《なんじ》は腹は減っておらんか」

「やっぱり聞こえてたじゃないですか」

うう。

ちょっと恥ずかしいです。

ただ、まだ夕食を食べていないわけですし、確かにお腹は空いているんですよね。

リビングの壁掛け時計を見れば、すでに午前零時を回っています。

宿に頼めば食事を用意してくれるでしょうが、深夜に働かせるのは抵抗があります。

かといって外に出ていったところで、この時間帯に開いている料理店があるとは思えません。

うーん。

どうしたものでしょうか。

私が悩んでいると、リベルが何かを思いついたように声を掛けてきます。

「フローラ、我にいい考えがある。少しばかり夜の散歩に出るぞ」

「えっ。……ひゃっ⁉」

それは私にとって不意打ちの事態でした。

リベルが一歩近づいてきたかと思うと、両腕で私を抱え上げました。

いわゆる「お姫様抱っこ」の体勢です。

「リベル、ちょっといいですか」

「どうした」

「前もそうでしたけど、抱き上げるのが急すぎませんか」

「むしろ汝こそ、なぜ毎回そこまで動揺するのだ」

リベルは不思議そうに首を傾げました。

「ドラッセンを離れる時は、いつも我の手に乗って移動しておるだろう。こうやって抱き上げるのと大差あるまい」

あ、そういう感覚なんですね。

ちょっと理解できました。

リベルの認識としては『竜の姿で私を手に乗せること』と『人の姿でお姫様抱っこすること』が同列になっているようです。

とはいえ抱き上げられることに納得したわけじゃ……って、ちょっと待ってください。

私が考え込んでいるあいだに、リベルは窓際に移動していました。

左腕一本で私の身体を支えると、自由になった右手で窓を開けます。

ヒュウウウウウ、と夜風が吹き込んできました。

涼しくて気持ちいいですけど、リベルは何をするつもりなのでしょうか。

「飛ぶぞ」

「えっ？　えええええええええええええええっ⁉」

リベルは窓枠に足を掛けると、軽やかに外へと飛び出しました。

私たちはものすごい勢いで落下……しませんね。

むしろ緩い坂道を下るように、ゆっくりと地面に近づいていきます。

「これ、どうなってるんですか」

「風を操って身体を支えておる。さて、ここからは歩いていくか」

そう言ってリベルは静かに着地すると、私を地面に降ろしてくれました。

「どこに行くんですか」

「街の広場だ。そこでネコ精霊たちが臨時で料理店を開いておる。……とはいえ、このまま出歩くのも問題か。もし誰かに汝の顔を見られたなら、大騒ぎになりかねん」

「私、何かしましたっけ」

「聖地から『黒死の霧』を祓《はら》い、衰弱した住民たちを治療したであろう」

リベルはやれやれ、といった様子で私に告げます。

「住民たちは皆、汝に礼を言いたがっておる。とはいえ深夜に騒ぎを起こすのは、汝としても望むところではあるまい」

「ええ、そうですね」

時刻は午前零時を過ぎているわけですし、住民の皆さんの安眠を乱すわけにはいきません。

それに、食事はじっくりと落ち着いて味わいたいですからね。

顔を隠す必要があるのは理解できましたが、さて、具体的にはどうしましょうか。

頭から被《かぶ》れるような衣服があればいいんですけどね。

私がそんなことを考えていると、リベルが右手を掲げてはいすとれえじと呟《つぶや》きました。

ネコ精霊たちが精霊倉庫を開く時に唱える呪文に似ていますね。

直後、虚空に小さな魔法陣が現れました。

魔法陣は円と三角形を組み合わせたような図形で、ゆっくりと時計回りに回転しています。

「それってなんですか？」

「王の宝物庫に繋《つな》がる魔法陣だ。精霊倉庫と似たようなものだが、我だけの空間になっておる」

「リベル専用の精霊倉庫ってことですね」

「その通りだ。汝は理解が早いな」

リベルはフッと微笑みながら、右手を魔法陣の中へと差し入れます。

「うむ。無事に保管されておるようだな。年月による劣化もない」

そう言って取り出したのは、フード付きの青いケープでした。

フリルをあしらった可愛《かわい》らしいデザインで、私の好みにばっちり合っています。

「フローラ、汝にこれを授けよう。頭から被っておけ」

「ありがとうございます、素敵なケープですね。どこで売ってたんですか」

「いや、買ったわけではない」

リベルは首を横に振りました。

「それは『身隠れのケープ』、汝の先祖であるハルト・ディ・ナイスナーから渡されたものだ。あいつは『いずれ使う機会が来る』と自信満々に言っておったが、まさかその通りになるとはな」

それは確かにびっくりしますよね。

我が家の古い記録には『初代当主ハルトは未来視の魔法を持っていた』なんて記述がありますが、やっぱり真実なのかもしれません。

それを裏付けるかのように、ケープの大きさは私の身体にピッタリでした。

風通しが良好なのも今の季節にマッチしていますね。

私はその場で、くるり、と一回転しました。

ケープの裾がふわっと軽やかに翻ります。

「フローラよ、何をしておる」

「新しい服を着たら、回りたくなりませんか？」

「……汝は時折、不思議なことをするな」

リベルは苦笑しつつ、言葉を続けます。

「ハルトの話では、フードに顔を隠す術式が組み込まれておるそうだ。確かめてみるといい」

それはすごいですね。

衣服に術式を仕込むのって、かなり難度が高いんですよ。

ただ、ご先祖さまは天才的な魔術師にして錬金術師だったそうなので、そのくらいは『アサメシマエ』だったのかもしれませんね。

とりあえず、術式がきちんと機能しているか確認してみましょう。

私はフードを頭から被り、ポケットから手鏡を取り出します。

自分の顔を映してみれば、上半分が暗闇に覆われていました。

パッと見では誰なのか分かりません。

これなら安心して外を歩けそうですね。

私がひとり頷いていると、リベルが声を掛けてきます。

「どうやら術式はうまく機能しておるようだな。……まあ、我には効かんが」

「そうなんですか？」

「ああ。さすがのハルトも精霊王の眼《め》をごまかせるだけの術式は組めなかったらしい。汝の顔もよく見えておる」

リベルはそう言って、覗《のぞ》き込《こ》むようにして顔を近づけてきます。

私はなんだか照れくさくなって、ぷい、と横を向きました。

「フローラ、どうした」

「なんでもありません。それより、広場に早く行きませんか」

「うむ。また腹の虫が鳴っては大変だからな、ククッ」

「もう！」

むくれる私をよそに、リベルは愉快そうに肩を揺らしながら歩き始めました。

◇　◇

『イツツボシ』を離れて南に進んでいくと、やがて広場が見えてきました。

深夜にもかかわらず、たくさんの人で賑わっています。

その向こうには二階建ての大きな建物があって『しんやしょくどう　わるいねこ　りんじにごうてん』という看板が大きく掲げられています。

「こんなものを広場に建てちゃって大丈夫なんですか」

「分からん。だが、今回はキツネのやつも関わっている。しかるべきところに筋は通しておるだろう。さて、行くぞ」

そう言ってリベルは広場へと足を踏み入れました。

もちろん私もその後ろに続きます。

お店に近付くにつれて人通りが多くなってきました。

……あれ？

今更になって気付いたのですが、フードで顔を隠している私はともかく、リベルってかなり目立つ外見ですよね。

真紅の髪というのは珍しいですし、なにより、耳の上からはツノが生えています。

周囲の目を集めそうなものですが、誰もこちらに見向きもしません。

いったいどういうことでしょうか。

疑問に思って尋ねてみると、眷属《けんぞく》としての力のひとつだ、という答えが返ってきました。

「我は【竜の幻惑《プレゼンス》】と呼んでおる。これを使えば己の存在感というべきものを操作できる。多くの人族は、今の我をうまく認識できんはずだ」

「そうなんですか？　でも、私はリベルのこと、ちゃんと認識してますよ」

「当然だ。汝だけは例外になるように調整したからな」

あ、そうだったんですね。

リベルの話によれば、広場が見えてきたあたりで存在感の操作を行っていたそうです。

「ぜんぜん気付かなかったです」

「この程度、我にとっては一息で済むことだからな」

リベルはちょっと得意そうな様子で私に告げます。

「今から五秒だけ、汝への調整を解除しよう。周囲の者たちに我がどう見えているか、それで理解できるはずだ」

「分かりました。どうぞ」

「うむ」

リベルが頷きます。

いったいどんなことになるのか、ちょっと楽しみです。

……。

…………。

あれ？

「リベル、まだですか」

「……なんだと」

「どうしました？」

「汝《なんじ》への調整は解除したはずだ。……フローラ、汝には我が認識できるのか」

「ええ。ツノもばっちり見えてますよ」

「おかしい。本来なら我の姿を見失うはずなのだがな」

「どういうことですか？」

「我にも分からんことはある。……ただ、汝は人族の枠に収まりきらんところが多いからな。それが原因かもしれん」

「いや、ちょっと待ってください。私、普通の人間ですよ」

「何を言っておる。魔法ひとつで黒死の霧を吹き飛ばせる者をただの人族とは呼ばん。むしろ神族や精霊側の存在と考えたほうがまだ納得できる」

「いつもリベルや精霊の皆さんと一緒にいるわけですし、その影響でしょうか」

「可能性はある。もし時間があればキツネのやつに調べさせるとしよう。……さて、着いたぞ」

おっと。

気が付けば、いつのまにか店の前に到着していました。

私、『わるいねこ』に来るのは初めてなんですよね。

ドラッセンに一号店が存在することは知っていましたが、深夜しか開いていないこともあって、いまだに足を運べていません。

どんなお店なのかはリベルから聞いてますよ。

料理店なのにメニューが存在しないんですよね。

ネコ精霊たちが気まぐれに食事を運んでくるけれど、どれもこれも絶品の味わいのため、文句はひとつも出ていないのだとか。

どんな料理が出てくるのか楽しみです。

「さあ、入るがいい」

リベルにドアを開けてもらい、建物の中に入ると、店内はすでに満席でした。

深夜なのに大人気です。

皆さん、夕食をちゃんと食べていないのでしょうか。

そんなことを考えていると、従業員のネコ精霊たちが一斉にわーっと寄ってきました。

「しんやにもぐもぐ、わるいこと！　わるいネコのおみせだよ！」

「ごはんにする？　それとも、ぱんにする？　こめこぱんもあるよ！」

「あっ、おうさまだ！　よこにいるのはふろー……ふろらんたんさま！　『わるいねこ』はぷらいばしーをまもるおみせだよ！」

こんばんは、フロランタンです。

クッキーをキャラメルでコーティングして、そこにナッツを乗せて焼き上げました。

サクサクでおいしいですよ。

冗談はさておき、顔を隠していても、ネコ精霊は私のことが分かるようです。

口元は見えていますし、ケープ以外の服装は普段通りですから、顔見知りにはバレますよね。

「ふむ。席は空いておらんようだな」

リベルが店内を見回しながら呟きます。

「しばらく待つか」

「おうさま、だいじょうぶだよ！　にかいのこしつがあいてるよ！」

「ぼうおんばっちり！　わるだくみにぴったり！」

「おぬしもわるよのー！」

それからネコ精霊たちは「にめいさま、ごあんなーい！」と元気よく声を上げると、私たちを二階へと案内してくれました。

個室には四人掛けのテーブルがあり、私とリベルは向かい合わせで腰を下ろします。

ここなら周囲の眼もないですし、フードを外しましょうか。

「一階、すごい混雑でしたね」

「無理もあるまい」

リベルが訳知り顔で頷きました。

「黒死の霧のせいでテラリスタの食料の多くは口にできん状態になっておった。街の者たちも腹を空《す》かせておったのだろう」

「……えっ？」

なんですか、それ。

テラリスタの食べ物がダメになっていたなんて、今、初めて聞きましたよ。

私が戸惑っていると、リベルが説明を始めます。

「黒死の霧は人族を衰弱させるだけではない。あらゆるものを蝕《むしば》み、悪影響を与える」

そのひとつが食物の腐食で、テラリスタにあった肉や野菜、果物の大半は食べられないほど傷んでしまったようです。

「このままでは汝の明日の食事もままならん。そう思ってネコ精霊たちに食料の調達を命じてみれば、想像以上に多く集まってな。キツネからの進言もあって、ここに食堂を開かせたわけだ」

「ええっと」

私は頭の中で、ここまでの話を整理します。

「つまり、もともとは私のためだった、ってことですか」

「そうなるな。キツネの考えとしては、汝の食事を用意するついでにテラリスタの住民たちの腹を満たし、ナイスナー王国の評判を高めるつもりらしい。一石二鳥の策と言っておったな」

「順番、なんだかおかしくないですか？」

聖地の人たちを助けるついでに私の食事を用意する、という話なら納得できますけど、それが逆になっちゃうのは違和感があるというか、なんというか……。

「別に気にすることはあるまい。汝もテラリスタの住民たちも、ここにくれば食事にありつける。それで十分であろう」

リベルはいかにも王様らしい鷹揚《おうよう》な態度でそう言い切ると、個室の出入口となるドアの方へ視線を向けました。

「ネコ精霊たちの気配が近づいておる。そろそろ料理が来るぞ」

ほどなくして、ドアがパーンと開け放たれました。

ネコ精霊たちが料理を抱えてこちらにやってきます。

「ごはんを、もってきたよ！」

「フローラさまはがんばりやさんだから、すぺしゃるめにゅー！」

「おうさまもおうさまだから、すぺしゃるめにゅー！」

そんな言葉と一緒にテーブルに並べられたのは、まさに『スペシャルメニュー』でした。

白い湯気の立つ、見るからにフワフワでトロトロのオムライス。

しかも表面にはケチャップで私の似顔絵と『フローラさま、おつかれさま！』という文字が書かれています。

リベルのオムライスを見れば、そちらには竜の顔と『おうさま、エライ！』というコメントが添えられていました。

どちらも可愛《かわい》らしいですね。

他のメニューとしては、バルサミコソース付きのローストビーフ、野菜たっぷりのコンソメスー

おうさま、

プ、さらにこのあと、デザートも持ってきてくれるそうです。
ちなみに飲み物は、ほんのりとレモンの香るきれいな水です。

今回は味の濃い料理が多いですから、ピッタリのチョイスと言えるでしょう。

「それではごゆっくりおめしあがりください！」

「せいれいのれいは、ぜろのいみ！」

「じっしつかろりーぜろ！　いっぱいたべてね！」

ネコ精霊はそう言って個室から去っていきました。

ええと。

『かろりー』ってなんですか？

ネコ精霊たちの言うことは相変わらず不思議でいっぱいです。

まあ、とりあえず食べましょうか。

私が両手を合わせると、リベルも同じように手を合わせました。

二人揃《そろ》って「いただきます」と言って、食事を始めます。

前菜のつもりでコンソメスープに口を付けてみれば、具として入っているジャガイモはホクホクで、噛《か》むたびにスープの旨味が染み出してきます。

あ、ニンジンもおいしいですね。

やわらかい食感に、ふわっと香る甘さが絶妙です。

次はローストビーフを食べてみましょうか……と思っていると、向かいに座るリベルがやけに真剣な表情で話しかけてきます。

「フローラ。汝に相談がある」

「どうしました？」

「オムライスを食べれば、ケチャップで描かれた絵が消えてしまう。勿体《もったい》ないと思わんか」

「それはそうですけど、食べないのも勿体ないですよね」

「ううむ。悩ましいところだ……」

リベルは困ったように眉を寄せると、自分のオムライスをまじまじと見つめます。

そこにはケチャップで竜の顔が描かれており、ツノや鬣《たてがみ》もしっかり再現されています。

私のオムライスはどうかといえば、似顔絵のクオリティもさることながら、月と星の髪飾りまで描き込まれており、かなり丁寧な仕上がりになっていました。

わざわざ自分のために手間をかけてくれた、と思うと、胸のあたりがじんわりと温かくなってきますね。

……ああ、なるほど。

幼いころの私に似顔絵を渡された時の『イツツボシ』の支配人さんも、きっとこんな気持ちだったのでしょう。

額縁に入れて飾りたくなるのも分かります。

私だって、この似顔絵がオムライスじゃなく紙に描かれたものだったら、大切に保管していたと思います。

「フローラ、我は決めたぞ」

ふと、リベルが思い立ったように口を開きます。

「我はこのオムライスを宝物庫に保管する」

「いや、そこは普通に食べましょうよ」

また描いてもらえばいいじゃないですか。

出された料理はしっかり食べる。

そっちのほうが大切だと思います。

オムライスは卵の部分はフワトロ、チキンライスはパラパラの仕上がりで、しかもコクの深い味わいでした。

たぶんバターとウスターソースを隠し味に使ってますね。

あっ、ローストビーフはすごくジューシーでしたよ。

バルサミコソースの甘酸っぱさが絶妙にマッチしており、ついつい手が止まらず、気が付けばお皿が空っぽになっていました。

どれもこれも、文句なしのおいしさですね。

ごちそうさま……と言いたいところですが、嬉《うれ》しいことにデザートがまだ残っています。

何が運ばれてくるか楽しみですね。

個室の外から物音が聞こえてくるたび、ついつい、出入口のドアに目を向けてしまいます。

「ククッ、そう焦らずともよかろう」

リベルが苦笑しながら私に声を掛けてきます。

「今は腹を休める時間だ。じっくり待てばよい」

「なんだか、すごく王様っぽい発言ですね」

「当然であろう。我は精霊の王だからな」

リベルは、ふふん、と冗談っぽく胸を張ります。

ちょうどそのタイミングで、コンコン、と個室のドアがノックされました。

「フローラリア様、少々よろしいでしょうか」

聞こえてきたのはキツネさんのダンディボイスです。

デザートを持ってきた、という雰囲気ではなさそうですね。

何か用事があるのでしょうか。

リベルが頷いたのを見て、私はドアの方に向かって声を掛けます。

「どうぞ。入ってください」

「では、失礼いたします」

ドアがわずかに開いて、キツネさんが優雅な足取りで個室に入ってきます。

右手をお腹《なか》に、左手を背中につけて一礼すると、私に向かってこう告げました。

「現在、テラリス教の教皇が『わるいねこ』に来ておりまして、フローラリア様との面会を希望しています。こちらの個室に通しても構いませんでしょうか」

キツネさんの話によれば、教皇猊下《げいか》はお忍びで『わるいねこ』を訪れており、二階の別の個室にいるのだとか。

◇　◇

すでにメインディッシュを食べ終え、今はデザートを待っているようです。

つまり、私たちと同じ状況ということですね。

食事の足並みも揃っていますし、その点では好都合でしょう。

「教皇殿はフローラリア様の意思を尊重する、と言っておりました」

キツネさんは丁寧な態度のまま私に告げます。

「もしお疲れのようでしたら明日でも構わない、と」

「いえ、私は大丈夫ですよ。リベルはどうですか」

「我も文句はない。むしろ好都合だ」

リベルはニッと口の端を吊《つ》り上《あ》げます。

「テラリス教のトップがどのような人間なのか、せいぜい見定めるとしよう」

「……ええと、お手柔らかにお願いしますね」

「善処はしよう。向こうの態度次第だがな」

なんだか不穏な返事ですね……。

まあ、いざとなったら私がフォローに入りましょう。

それじゃあ教皇猊下をお呼びして……って、いや、ちょっと待ってください。

向こうはテラリス教のトップですし、私の方から伺うべきではないでしょうか。

疑問に思ってキツネさんに訊《たず》ねてみると、すぐに答えが返ってきました。

「ご安心ください。その点についてはすでに話を付けております」

「と、言いますと……？」

「教皇殿の意見としては、テラリスタを黒死の霧から救ったフローラリア様と、女神テラリスの眷《けん》属《ぞく》にして精霊王たるリベル殿に敬意を表し、ぜひ自分のほうから伺わせてほしい、とのことでした。……お二人を呼びつけることになれば申し訳なさで胃に穴が開く、とも」

「分かりました。来てもらってください」

私は即答していました。

頭をよぎるのは三年前の降臨祭《フェスタ》です。

あの時みたいに教皇猊下が倒れてしまったら、さすがに大変ですからね。

キツネさんはペコリと一礼して、私たちのいる個室を出ていきました。

教皇猊下は通路を挟んで右斜め向かいの個室にいるそうなので、すぐに戻ってくるでしょう。

「それにしても――」

私はしみじみと呟《つぶや》きます。

「同じタイミングで教皇猊下も『わるいねこ』に来ているなんて、すごい偶然ですね」

「偶然ではないぞ」

首を横に振りながらリベルが言います。

「汝《なんじ》が寝ておる時に教皇から面会の打診があってな。汝が目を覚ましたら一報を入れることになっておったのだ」

「いつのまにそんなことをしてたんですか?」

「ククッ、我は精霊王だからな。汝に知られぬように精霊たちを動かすことなど造作もない。……ふむ、足音が近づいてきたな」

リベルがドアのほうに視線を向けました。

ほどなくしてノックの音が響き、キツネさんの声が聞こえてきます。

「教皇殿がいらっしゃいました。入ってもよろしいでしょうか」

「大丈夫ですよ、どうぞ」

私がそう返事をすると、ゆっくりとドアが開かれました。

キツネさんに案内されるようにして入ってきたのは、銀縁眼鏡を掛けた細身の男性です。

顔の彫りは深く、特に眼元のラインはクッキリとしており、知的な雰囲気を漂わせています。

外見の印象としては二十代後半から三十代前半くらいですね。

お父様よりも若々しいけど、ライアス兄様よりは大人びている……といったところでしょうか。

「フローラリア様、お久しぶりです」

男性は私を見ると、深々と一礼しました。

この方とお会いするのは、三年前の降臨祭以来でしょうか。

名前は、エインワース・ウィスパード。

テラリス教の第九十二代教皇、つまりは教会組織の頂点に立つ人物です。

普段は白い法衣《ほうえ》を纏《まと》っていますが、今回はお忍びの訪問ということもあって、教会とは無関係な格好をしていました。

色素の薄い金髪をオールバックでまとめ、パリッとした白いシャツに、深青色のベストとズボンを合わせています。

シンプルながらも清潔感のあるファッションですね。

「お久しぶりです、教皇猊下」

私は椅子から立ち上がると、スカートの裾を広げながらお辞儀をします。

「三年ぶりですけど、お加減はいかがですか」

「……近々、回復魔法のお世話になるかもしれません」

教皇猊下は左手で胃のあたりをさすりながら答えました。

ストレスが多い立場なのは相変わらずみたいですね。

「汝が教皇か」

リベルは席に着いたまま、威厳を漂わせた低い声で告げます。

「挨拶を聞こう。名乗るがいい」

「はい。では、畏れながら……」

教皇猊下はそう言いながら、リベルの方を向いて跪《ひざまず》きました。

「自分はエインワース・ウィスパードと申します。このたびは女神の眷属たる精霊王様に拝謁させていただく機会を賜りまして、胸が潰れるほどの栄誉を感じております」

「汝の場合、潰れるのは胸ではなく胃ではないのか」

リベルはクククッと小さく笑いながら答えます。

どうやら機嫌は悪くなさそうですね。

ちょっと安心しました。

「では、こちらも名乗っておこうか」

リベルはそう言って、教皇猊下のほうに向き直ります。

「我が名は星海の竜リベルギウス、女神テラリスの眷属にして精霊の王、そしてフローラの守護者である。今後はリベルと呼ぶがいい」

「承知いたしました。では、わたしのことはエインワースとお呼びください」

「よかろう」

リベルは頷《うなず》くと、さらに言葉を続けます。

「さて、エインワースよ。汝はフローラに礼を言いに来たのだったな。跪いたままでは話もやりにくかろう。楽にするがいい」

「お気遣い、感謝いたします。では、失礼して……」

教皇猊下はそう言いながら立ち上がると、私のほうに向き直ります。

「フローラリア様。今回はテラリスタの危機を救ってくださり、本当にありがとうございました。聖地を守る者の一人として、心から感謝いたします」

「過分な評価、恐れ入ります。……私はただ、自分の責任を果たしただけなんですけどね」

王族や貴族のように普段から裕福な暮らしを送っている人間は、いざという時、人々のために力を尽くす義務があります。

特に私の場合、《ワイドリザレクション》や《ハイクリアランス》といった特別な力があるわけですし、それを人助けのために使うのは当然のことでしょう。

だから私としてはお礼の言葉だけで充分だったのですが、教皇猊下はさらにこんなことを言い始めました。

「フローラリア様はこの聖地に住む者すべての恩人です。すでに教会の内部では、今回の功績を称《たた》えて正式な聖女として認定すべきだ、という声も出ております。もちろん御父上の戴冠が最優先ですが、そちらが一段落つきましたら、聖女の地位について検討いただけないでしょうか」

ええと。

教会から正式な聖女として認定されるのは光栄なことですけど、あまりにも過大評価というか、恐れ多いというか……。

私が返事に困っていると、教皇猊下はさらに言葉を続けます。

「フローラリア様は以前から《銀の聖女》の呼び名で人々に慕われておりますし、それを称号として採用させていただくつもりです。《海の聖女》シミア様に続く、四人目の聖女となります」

そういえば以前にリベルが教えてくれましたっけ。

シミア様って《海の聖女》と呼ばれているけど本当は男性なんですよね。

自分を女性と勘違いさせるのが気持ちいい、という尖《とが》った性癖の持ち主で、教会もまんまと騙《だま》されてしまった……というか、三百年が経《た》った今も真実に気付いていないのだとか。

教皇猊下さえ、シミア様が男性であることなど知らないはずです。

「ほう」

リベルがどこか面白がるように声を上げました。

「シミアの次がフローラになるわけか」

「リベル様は《海の聖女》様のことをご存じなのですか？」

教皇猊下の問いに、リベルはニヤリと笑みを浮かべて頷きます。

「ヤツのことならよく知っておる。……女ではなく、男であることもな」

「……は？」

教皇猊下は戸惑ったように声を上げました。

「今、何とおっしゃいましたか」

「《海の聖女》シミアは男だ」

リベルはゆっくりと、言い聞かせるような口調で答えました。

「当時の教会の者どもはすっかり騙されておったようだがな」

「ご冗談、というわけではなさそうですね……」

「当然だ。我がからかうのはフローラだけだ」

そう言ってリベルはチラリとこちらに視線を投げてきます。

ええと。

これ、どう反応したらいいんでしょうか。

私が答えに困っていると、リベルはふふんと得意げに鼻を鳴らしました。

「我にとって汝は特別な存在ということだ。誇るがいい」

「その『特別』って、からかうと面白い、みたいな意味ですよね」

「さてな」

「もう」

リベルにも困ったものです。

私が小さくため息を吐《つ》いていると、教皇猊下がどこか居心地悪そうな様子で訊ねてきます。

「お二人は、随分とその、仲がよろしいのですね」

「ええ、まあ」

リベルとは出会ってまだ半年ほどですが、妙に気が合うというか、肩の力を抜いて話せる相手だと思っています。

一緒にいても疲れないんですよね。

精霊王に対する敬意が足りない！　と言われたら確かにその通りですけど、リベル自身、王様としての扱いを私に求めているわけではなさそうなので、今の距離感が正解なのでしょう。

「リベル様は、フローラリア様のことをずいぶんと気に入っておられるのですね」

「うむ。もしも汝ら教会がフローラに害を及ぼすようなことがあれば、その瞬間に《竜の息吹《ドラゴンブレス》》で消し飛ばしてくれよう」

「……あまり考えたくない未来ですね」

教皇猊下《げいか》はゴクリと息を呑《の》みました。

聖地が消し飛ばされる瞬間を想像してしまったのかもしれません。

「とはいえご安心ください。先程も申し上げました通り、フローラリア様は聖地の危機を救ってくださったお方ですし、わたしの場合、個人的にも恩があります。恩を仇《あだ》で返すようなことはいたしません」

そう言って教皇猊下が語り始めたのは三年前の出来事です。

当時、テラリス教はフォジーク王国と対立を深めており、そのせいで教皇猊下の胃は大きく削れていたらしく、降臨祭《フエスタ》の最中に血を吐き、倒れてしまったのです。

「正直なところ、あの時は死を覚悟しておりました」

教皇猊下はしみじみとした様子で呟きます。

「ですがフローラリア様が回復魔法を掛けてくださったおかげで、どうにか生きております。それだけでなく、直後、わたしのところに送り込まれた暗殺者を――」

「教皇猊下、ストップ。ストップです」

私は慌てて話に割って入りました。

「回復魔法のことはともかく、そっちは秘密って約束したじゃないですか」

「ああ、これは失礼。すっかり忘れておりました」

教皇猊下は申し訳なさそうに頭を下げました。

……が、今の言葉はリベルにもばっちり聞こえていたらしく、ニヤリと面白がるような笑みを浮かべると、私に話しかけてきました。

「そういえば以前、マリアが言っておったな。暗殺者をおびき寄せて首を落としたのだったか」

「落としてないです。……というか、話さないとダメですか」

「無理強いはせん。予想は付くからな」

「と、言いますと……?」

「おおかた、教皇に差し向けられた暗殺者を、汝がジュージュツとやらで返り討ちにしたのであろう。わざわざ秘密にしたがるということは、暗殺者の手足を折って海にでも放り込んだか？」

「待ってください。私、そこまで物騒なことはしてませんよ」

暗殺者さんを建物の裏に誘い込んで、背後から首をキュッと締めただけです。

もちろん命までは取ってません。

暗殺者さんの身柄は異端審問官の皆さんに引き渡したので、その後のことは不明なんですよね。

ただ、それ以来、フォジーク王国側の動きがピタリと止まったので、きっと裏では色々なことがあったんだと思います。

なんだか予想外の方向に話がズレてしまいましたが、聖女の地位については「光栄ではあるけれど、できれば遠慮したい」という返事をさせていただきました。

というのも、聖女の地位に就いた場合、教会組織の一員としてテラリスタでの会議や儀式に出席したり、各地の教会施設へ慰問に向かう必要が出てくるからです。

そんなことをしていたら、ドラッセンの運営が疎《おろそ》かになってしまいます。

私にとって優先すべきは地位や名誉じゃなく、領地に暮らす人々の生活ですからね。

そのことを伝えると、教皇猊下は気分を悪くした様子もなく、むしろ納得顔で頷きました。

「承知しました。正直なところ、フローラリア様ならばそうお答えになるだろう、と思っておりました」

「そうなんですか？」

「はい。わたしとしては、感謝の気持ちがフローラリア様に伝われば十分です。『教皇じきじきに聖女の地位を打診したが、《銀の聖女》は慎み深く辞退した』という事実があれば、教会の者たちも納得するでしょう」

「……政治って大変ですね」

「ええ、胃の痛いことばかりです」

「いがいたい！」

「そんなあなたに、ねこじるしのよーぐるとむーす！」

「ふわふわで、いにやさしいよ！」

おや。

どこかで聞いたような声がしますね。

ドアの方へ視線を向けると、ネコ精霊たちがクルクルと回りながら個室に入ってきます。

「よーぐるぐるぐる！　よーぐるぐるぐる！」

「ぐるぐるまわって、ふわふわむーす！」

「いちごもはいって、とってもうれしい！」

なんだかすごい速度で回転していますが、目が回らないのでしょうか。

ネコ精霊たちはそのまま『タケトンボ』のように宙に浮かび上がると、テーブルの上にイチゴのヨーグルトムースを並べました。

ヨーグルトムースは縦長のガラス容器に入っており、一番上には熟れたイチゴの果実と生クリームが添えてあります。

「ぼくたちの、じしんさくだよ！」

「ねこせれくしょん、きんしょうじゅしょう！」

「げんきになれるよ！　よーぐるぐるぐる！」

よーぐるぐるぐる。

なんだか耳に残るフレーズですね。

それはさておき、ネコ精霊たちは最後までハイテンションな様子で個室を去っていきました。

あれ？

さっきまで何の話をしていたんでしたっけ。

よーぐるぐるのインパクトで何もかも吹き飛んでしまいました。

ええと。

「デザート、食べちゃいません？」

私の提案に、リベルと教皇猊下は揃《そろ》って頷きました。


イチゴのヨーグルトムースは爽やかながらも確かな甘味《あまみ》があって、食事の締めくくりにピッタリのデザートでした。

ふう。

満腹で、満足で、百点満点ですね。

食後ですが、すでに夜更けということもあり、そのままお開きとなりました。

『戴冠の儀』についての会議は予定通り明日（というか、午前零時を過ぎているので厳密には今日）の午後に開催されるようです。

黒死の霧を払ったことで一仕事終えたような気持ちになっていましたけど、本番はここからなんですよね。

明日の会議ではナイスナー王国に関する誤解を解き、教皇猊下や枢機卿《すうききょう》の皆さんにお父様の戴冠を認めてもらわなければなりません。

気合を入れていきましょう。
えい、えい、おー。

第五章　会議でやらかします！

翌日――

私が目を覚ましたのは昼前、午前十一時のことでした。

たっぷり眠ったおかげで頭もスッキリしています。

身支度を済ませたところで、出入口のドアがコンコンとノックされました。

「わたしだ。少し話せるだろうか」

この声はお父様ですね。

午後からは『戴冠の儀』についての会議がありますし、その打ち合わせに来たのかもしれません。

私はドアを開けると、お父様を連れてリビングへと向かいます。

立ち話もなんだから、ということでテーブルを挟んで向かい合わせでソファに座ります。

「フローラ。身体に支障はないか」

「おかげさまで元気いっぱいです。……あ、そういえば教皇猊下にお会いしましたよ」

私はそう前置きしたあと、深夜に目を覚ました時のことを話します。

重要なポイントは三つですね。

ひとつは、リベルと一緒に『わるいねこ』で食事をしていたら、黒死の霧を払ったことについて
教皇猊下がお礼を言いに来たこと。

もうひとつは、その際、聖女の地位について提案があったこと。

最後のひとつは、私がそれを辞退したこと……ですね。

あっ。

今更になって気付きましたが、聖女の地位を断るのって、お父様に相談すべきでしたね。

そのことを謝罪すると、お父様は穏やかな表情でこう言いました。

「気にしなくていい。おまえのことは信頼している。自分なりにしっかりと考えて、聖女の地位を断ったのだろう」

「もちろんです」

私はお父様の言葉に頷きます。

「私にはブレッシア領の領主としての立場がありますし、もしも聖女の地位まで抱え込んじゃったら、どっちの仕事も中途半端になっちゃいます。そんな無責任なことはできません」

「おまえらしい答えだな、フローラ」

お父様はフッと微笑《ほほえ》むと、右手を伸ばし、私の頭をポンポンと撫でました。

くすぐったいけど、温かくて、胸のあたりがポカポカしてきます。

「地位というものには責任が伴う。その責任を果たせないのであれば、そもそも地位に就くべきではない。……わたしも、おまえと同じ考えだよ」

それに、とお父様は姿勢を正して続けます。

「聖女の地位を断った時、同じ場所にリベル殿もいたのだろう。フローラが誤った決断を下そうとしたなら、守護者として止めに入るはずだ」

確かにお父様の言う通りですね。

リベルはいつも私のことを面白そうに眺めていますが、いざという時はちゃんとブレーキを掛けてくれますし、その点は信頼しています。

まあ、いきなり人を抱き上げるのは遠慮してほしいですけどね。

◇　◇

その日の昼食は、ネコ精霊たちが部屋まで届けてくれました。

「『ねこのぱんやさん』がテラリスタにしゅっちょうちゅうだよ！」

「フローラさまに、できたてぱんをぷれぜんと！」

「きょうのぱんはすごいよ！　おしょくじぱんけーきだよ！」

……ん？

ちょっと待ってください。

パンケーキの『パン』って、食べ物のパンじゃなくて、フライパンが由来だったような……？

まあ、ネコ精霊のやることですから、細かいことは考えてなさそうですね。

リベルを呼んで三人で食べることにしたのですが、パンケーキはフワフワでほんのり甘く、付け合わせのベーコンや目玉焼きを載せて食べれば、脂のうまみが生地に染み込んで絶品の味わいとなります。

あ、デザートはパンナコッタでしたよ。

ねこのぱんやさん、パンが付いてたらなんでも扱ってそうですね。

「パンダのせいれいさんもはたらいてるよ！」

そんな精霊もいるんですか⁉

ちょっと会ってみたいですね。


やがて出発の時間となり、私たちは揃って部屋を出ました。

移動の手配はすでにリベルが済ませてくれているそうです。

宿の一階に降りると、ロビーには、スーツ姿の支配人さんをはじめとして『イッツボシ』で働いている人たちがずらりと勢揃《せいぞろ》いしていました。

「フローラリア様、お久しぶりです」

そう言って声を掛けてきたのは、スーツ姿の支配人さんです。

「昨日は危ないところを助けていただき、本当にありがとうございました。ご挨拶とお礼が遅れてしまい、誠に申し訳ございません」

「いえいえ、支配人さんが元気そうでなによりです。身体でおかしなところはありませんか？」

「ご心配には及びません」

支配人さんは首を横に振って答えます。

「それどころか持病のぎっくり腰も治りまして、まさに快調そのものです。これもフローラリア様のおかげでしょうか」

昨日、私は聖地の人たちを治療するために《ワイドリザレクション》を何度も使いましたが、緊急事態だったこともあり、効果量の調整をまったく行わず、フルパワーで連発していました。

その結果、霧による衰弱だけでなく、元々の持病もついでに治していた可能性がありますね。

「『イッツボシ』の従業員一同、会議の成功を心から願っております。――いってらっしゃいませ」

こうして私たちは支配人さんたちに見送られながら『イッツボシ』の建物を出たわけですが、外には予想外の光景が広がっていました。

人、人、人――。

数えきれないほど多くの人々が『イッツボシ』の周囲に詰めかけていたのです。

「フローラリア様だ！　フローラリア様が出てきたぞ！」

「テラリスタを救ってくださって、ありがとうございました！」

「きゃー！　《銀の聖女》さまよ、《銀の聖女》さま！　やばい、小さい、めっちゃ可愛いいい！」

……なんだかすごい騒ぎになってますね。

この様子から考えると、昨夜、顔を隠して『わるいねこ』に向かったのは正解だったようです。

「我が娘ながら、すごい人気だな……」

お父様が呆気《あっけ》に取られた様子で呟《つぶや》きます。

「とりあえず、手を振ってやるといい。喜ぶ者もいるだろう」

「そうですね」

私は頷いて、穏やかな表情を心掛けつつ、周囲の人々に手を振りました。

「あっ、フローラリア様がオレのことを見たぞ！」

「違う。あたしのほうを見たのよ」

「め、め、眼《め》が合っちゃった……。わたし、この先ずっと眼は洗わない……」

洗ってください。

というか、そもそも眼って洗うものでしたっけ。

なんだかよく分かりませんけど、健康には気を使ってくださいね。

あらためて周囲を見回せば、人だかりは多いものの、道の中央を塞ぐことはなく、馬車が行き来できるだけのスペースは確保されています。

ありがたいことに、ネコ精霊たちが交通整理（？）をしてくれていました。

「ぴぴーっ！　ここからさきにはいらないでねー！」

「フローラさまにはおてをふれないでくださーい！」

「たっちげんきん！　おがむのはおっけーだよ！」

いや、拝むのも遠慮してください。

以前にも言いましたけど、私はただの人間ですからね。

拝んでもらっても、ご利益はありませんよ。

そんなことを考えていると、目の前に大きな馬車がやってきました。

「たぬー」

ただし、馬車を引いているのは馬ではなく、巨大化したタヌキさんでした。

ですから正しくは『タヌキさん車』と呼ぶべきかもしれませんが、語呂がイマイチなので馬車としておきましょう。

「ぼくが、送るよー」

タヌキさんは普段と変わらず、ゆるゆるとした口調で話し掛けてきます。

「みんな、乗ってー」

「……ということだ。行くぞ、フローラ。グスタフ」

リベルに促され、私たちは馬車に乗り込みます。

馬車は屋根のないタイプで、周囲を見回せるようになっています。

座席は前後で二列になっているため、前にお父様、後ろに私とリベルが乗ることになりました。

「行くよー」

ほどなくして、馬車がのんびりと動き始めました。

「この馬車もリベルが用意してくれたんですか」

「うむ。ネコ精霊たちに作らせた。快適であろう」

「そうですね。シートもフカフカですし、油断すると寝ちゃいそうです」

「寝ても構わんぞ。必要なら我に寄りかかるがいい」

「ありがとうございます。でも、テラリスタの皆さんが見てますからね」

私はリベルの言葉に答えながら、通りに集まった人々に手を振ります。

「……あれ？」

「どうした、フローラ」

「街の皆さん、私のことばっかり見てますよね」

「当然であろう。汝《なんじ》はテラリスタを救った人間なのだからな」

「そうじゃなくて、リベルは精霊王ですし、赤い髪とか、ツノとか、目立つ外見じゃないですか。……もしかして【竜の幻惑《プレゼンス》】で存在感を消してます？」

「よく分かったな」

リベルはフッと笑いながら頷きます。

「今、我を認識できておる人族は汝とグスタフだけだ。……まあ、そもそも汝には【竜の幻惑】が効かんようだがな」

「いったいどういうことなんでしょうね」

「我にも分からんことはある。……ところで、行き先はあの建物で合っておるか」

リベルはそう言って前方を指差しました。

その先に視線を向けると、まるで宮殿のように大きな建物が聳《そび》え立《た》っています。

名前は、アーテリオ大聖堂。

テラリス教の総本山であり、現存する最古にして最大級の教会施設です。

ちなみに『アーテリオ』というのは古い言葉で『月と星々の輝き』を意味します。なんだかオシャレですよね。

「目的地はアーテリオ大聖堂ですから、このまま向かってくれたら大丈夫ですよ」

「よかろう。ところで、汝に伝えておくことがある」

「なんでしょうか」

「昨日の、テラリスタを覆った黒死の霧についてだ」

リベルは真剣な表情を浮かべながら言葉を続けます。

「霧の原因についてはキツネに調べさせておったが、出発前にひとつ報告が入った。……どうやら人為的なものらしい」

「誰かが意図的に出現させた、ってことですか」

「その通りだ。フォジーク王国の時と同じように、ガイアス教の者どもが関係している可能性が高い。警戒はしておくべきだろう」

「分かりました。……今の話、お父様も聞いてましたよね」

「ああ」

前の席に座っていたお父様は、チラリとこちらに視線を向けて頷《うなず》くと、リベルに向かってこう告げました。

「リベル殿、不測の事態があればフローラを最優先でお守りください。わたしのことは、どうぞお構いなく」

「分かっておる。我はフローラの守護者だからな。ただ、もし余力があれば汝も守ってやろう」

「よろしいのですか」

「汝に何かあればフローラが悲しむからな」

リベルはそう言うと、私のほうを見て頷きました。

◇　◇

大聖堂の前で馬車を降りると、そこには教皇猊下《げいか》の遣いの方が待っていました。

「グスタフ様、フローラリア様。アーテリオ大聖堂へようこそ。会議の場まで案内いたします」

おや。

名前を呼ばれたのは、お父様と私だけでした。

遣いの方はリベルの存在を認識していないようです。

原因は【竜の幻惑《プレゼンス》】と思いますが、いつ解除するのでしょう。

疑問だったのでリベルに訊《たず》ねてみると、こんな答えが返ってきました。

「焦ることはない。我に考えがある」

ニヤリ。

リベルは口の端を吊《つ》り上《あ》げて笑います。

うーん。

これは悪いことを考えている顔ですね。

私には分かりますよ。

「リベル。あんまり変なことはしないでくださいね」

「分かっておる。もっと我を信頼せよ。なあ、グスタフ」

「……ええ、まあ」

リベル、お父様を巻き込まないでください。

ものすごく返事に困ってるじゃないですか。


白亜の支柱が立ち並ぶ荘厳なエントランスを抜け、花々に彩られた中庭を進んでいくと、やがて、海に面した広い岬が見えてきました。

岬にはドーム状の屋根に覆われた大きなテラスがあり、大理石で作られた円卓が設置されています。

ここが今回の会議場ですね。

会議といえば建物の中で行われるイメージがありますが、教会の運営に関わる重要な事項はすべて屋外で話し合うことが古くからのしきたりとなっています。

教義によると、太陽の光を浴びることでテラリス様の加護を受け、より正しい結論を導《みちび》く……みたいな意味合いがあるそうです。

「……懐かしいな」

テラスの会議場を眺めながら、リベルが呟きます。

「この場所は、三〇〇年前とあまり変わっておらんようだ」

「前に来たことがあるんですか」

「ハルトのやつに頼まれて、ここに運んでやったことがある。何かの会議に呼ばれておったようだ」

そんな話をしているうちに、私たちはテラスに設けられた屋外会議場に到着しました。

ナイスナー王国の席は手前側、方角にあてはめると南側に用意されていました。

ちょうど中庭を背にする形ですね。

案内役を務めてくれた遣いの方に礼を言って、私たちは席に着きます。

正面を見れば、円卓を挟んで反対側にある海側の席に教皇猊下が座っていました。

今日の服装はシャツ姿ではなく、白を基調とした立派な法衣《ほうえ》ですね。

「グスタフ様、フローラリア様。ようこそお越しくださいました」

教皇猊下は私たちの存在に気付くと、にこやかに声を掛けてくれました。

「おや、リベル殿はご一緒ではないのですか」

「ええと……」

リベルなら私の右横に座っているのですが、【竜の幻惑《プレゼンス》】のせいで誰も存在に気付いていないようです。

いつになったら解除するのでしょうか。

私が返事に困っていると、お父様が代わりに答えました。

「リベル殿はじきに来られるでしょう。しばしお待ちください」

「分かりました。では、今のうちに身だしなみを整えておきましょうか」

教皇猊下はそう言って懐からハンカチを取り出すと、眼鏡のフレームを磨き始めます。

それって身だしなみに入るのでしょうか……？

私は首を傾げながら、周囲に視線を巡らせます。

他の席には枢機卿《すうききょう》の皆さんがチラホラと座っていますが、まだ全員は揃《そろ》っていないようです。

あ、システィーナ伯爵はすでに来ていますね。

向こうも私たちに気付いたらしく、小さく手を振ってくれました。


現在、テラリス教の枢機卿は二十五名が在籍していますが、五分ほどで全員が揃いました。

それを知ったリベルはフッと笑みを浮かべると、こんなことを呟きました。

「そろそろ【竜の幻惑《プレゼンス》】を解除するか。教皇や枢機卿たちにしてみれば、突然、我が現れたように見えるだろう。……ククッ、反応が楽しみだな」

「なかなか意地悪ですね……」

「会議とは主導権の取り合いだ。最初に意表を突くのは基本中の基本ではないか」

まあ、それはそうですね。

テラリス教の古い記録にも似たような話がありまして、二人目の聖女として知られるネメシス様は、会議の最初にリンゴを片手で握り潰すパフォーマンスを行い、対立勢力の人々を震え上がらせたそうです。

……冷静に考えると、聖女って、クセの強い人が多いですね。

一人目の聖女はともかく、三人目にあたるシミア様は女装趣味の男性だったわけで、ここに四人目として並ぶのは遠慮したいというか、教皇猊下の提案を断っておいてよかったと思います。

それはさておき——

リベルが【竜の幻惑《プレゼンス》】を解除したことにより、議場には大きなざわめきが広がっていました。

「赤い髪に、耳のツノ。まさか、あれが噂《うわさ》に聞く精霊の王……！」

「いつのまにいらっしゃったのだ。まったく気付かなかったぞ」

「精霊王といえばテラリス様の眷属《けんぞく》、しかもその筆頭なのだろう。我々と同じ席に座らせておいていいのか」

どうやら枢機卿の皆さんはかなり動揺しているようです。

その様子を見て、リベルが愉快げに笑みを浮かべました。

「ククッ。面白いことになってきたな」

「どうするんですか。このままだと会議が始められませんよ」

「問題はない。まあ、見ておれ」

リベルは不敵な笑みを浮かべると、席から立ち上がりました。

それから、威厳たっぷりの口調で周囲に呼びかけます。

「人族の子らよ、静まるがいい。我は精霊王にしてフローラの守護者、星海の竜リベルギウスである」

いやいや。

どうしてそこで私の名前も一緒に出しちゃうんですか。

枢機卿の皆さん、すごい勢いでこっちを見てますよ。

うう。

恨みの籠った視線をリベルに向けると、なぜか頭を撫《な》でられました。

「すでに汝らの知っておる通り、精霊は伝承上の存在などではない。……さあ、来るがいい」

「ぼくたちのでばんだ！」

「おひかえなすって！」

「あんぱんくばるよ！」

ポン、ポン、ポン――。

テラスのあちこちで白い煙が弾け、ネコ精霊たちが現れました。

そして、なぜか枢機卿の皆さんにアンパンを配っていきます。

……どうしてアンパンなのでしょう。

私が疑問に感じていると、リベルがこの場の全員に向かって告げました。

「人族というのは食わねば働けんのだろう。精霊王からの下賜だ。この後の会議に備え、腹を満たしておくがいい」

「『ねこのぱんやさん』をよろしくね！」

「だいきんはおうさまからもらってるよ！」

「きにいったら、どらっせんまでかいにきてね！」

あの子たち、ちゃっかりお店の宣伝までしていますね。

一方で、枢機卿のみなさんは突然の展開に戸惑いつつも、素直にアンパンを受け取っています。

「あ、ありがとうございます。精霊様……」

「そんなかしこまらなくていいよ！」

「ぼくたち、ともだち！」

「あくしゅ！」

にぎにぎ。

ネコ精霊たちはものすごくフレンドリーな様子で枢機卿の皆さんに接しています。

テラリス様の眷属としてのありがたみは微妙なところですけど、まあ、そもそも精霊の皆さんは人族に崇《あが》められたいわけじゃないですもんね。

私がひとり納得していると、リベルが再び口を開きます。

「こうして精霊たちが姿を現すようになったのは、精霊王たる我が復活したからだ。そして我の命を救った恩人こそ、ここにいるフローラである。……そうだな？」

えっ。

ここで私に話を振るんですか。

やめてください、と言いたいところですけど、もう手遅れですよね。

左側の席に視線を向けると、そこに座っているお父様が私のほうを見て、コクリ、と頷きました。

好きに喋《しゃべ》って構わない、ということでしょう。

こうなったら腹を括《くく》るしかありませんね。

私は大きく深呼吸をすると、席から立ち上がりました。

「会議の直前にお騒がせして申し訳ありません。フローラリア・ディ・ナイスナーです。聖地に来るのは三年前の降臨祭《フエスタ》以来ですが、皆様、お変わりないでしょうか」

会議場を見回せば、教皇猊下をはじめとして、枢機卿のほとんどは以前にお会いしたことのある方ばかりです。

これならちょっと気が楽ですね。

私は安堵《あんど》しつつ、リベルと出会うまでの経緯について説明をします。

事の始まりは昨年の秋、ナイスナー家の領地に向けて西から魔物の大群が押し寄せ、自分たちの力だけではどうしようもない状況に陥りました。

この危機を乗り切るために竜が眠るという洞窟に向かったわけですが、私がそこで見つけたのは、ボロボロの姿で横たわるリベルの姿でした。

すぐに《ワイドリザレクション》で治療を行ったところ、リベルはすっかり本来の力を取り戻し、その恩返しに私の守護者となることを申し出てくれました。

……このあたり、私にとっては今更の内容ですが、どうやら会議場にいる皆さんにとっては初耳だったらしく、あちこちで驚きの声が上がっていました。

「精霊王殿がフローラリア様と一緒にいるのは、そのような事情があったからか」

「ナイスナー王国が怪しげな魔法で精霊を操っている、という噂も聞いたが……」

「所詮、噂は噂に過ぎん、ということだろうな。実際、精霊王殿も精霊の方々も操られているようには見えん」

ふむふむ。

枢機卿たちの言葉から推測するに、私たちと精霊の関係について、テラリスタではひどく歪《ゆが》んだ噂が流れていたようです。

魔法で精霊を操る？

どう考えても無理だと思いますけどね。

特にネコ精霊とか、自由気ままで、言動なんてフワッフワじゃないですか。

ともあれ、ナイスナー王国についての誤解をひとつ解くことができたなら、成果としては十分でしょう。

「――私の話は以上です。皆様、聞いてくださってありがとうございました」

私は議場にいる方々に向かって深く頭を下げると、自分の席に腰を下ろしました。

「よい演説であった。なあ、グスタフよ」

隣に座っていたリベルが、私を挟んで反対側にいるお父様に声を掛けます。

「まったくです。……フローラ、よくやった」

人前で、しかも両サイドから褒められるのは気恥ずかしいものがありますね。

私が恐縮していると、議長席に座っていた教皇猊下《げいか》が立ち上がりました。

「さて、話も一段落ついたようですし、『戴冠の儀』についての会議を始めましょう。開会の儀として女神テラリス様に祈りを捧《ささ》げます。皆様、黙祷《もくとう》をお願いいたします」

教皇猊下がそう呼びかけると、枢機卿の皆さんは両手を組み、軽く目を伏せました。

テラリス教の教義で定められている、略式の祈祷《きとう》ですね。

「ぼくたちもおいのりしよう」

「てらりすさまー、げんきにしてるといいなー」

「ぼくたちはげんきだよー。フローラさまはいいひとだよー」

ネコ精霊たちもこの時ばかりは声を潜め、枢機卿の皆さんをまねて両手を合わせていました。

リベルはどうでしょうか。

見れば、腕を組んだ状態ではありますが、軽く目を伏せています。

……うーん。

これはあくまで私の直感なんですけど、今のリベルからは、反抗期だったころのライアス兄様に近い雰囲気が漂っています。

親は親として大切に思っているけれど、距離を測りかねている。

そんな印象です。

まあ、気のせいかもしれませんけどね。

……って、周囲を観察している場合ではありません。

私もちゃんと黙祷しましょう。

両手を組んで、軽く瞼《まぶた》を閉じます。

古い伝承によると、この時に自然と心に浮かんでくるものが女神様からのメッセージだとされていますが、まあ、実際のところは分かりません。

さて。

雑念だらけの状態で祈りを捧げるのはさすがに失礼ですし、ちょっと心を落ち着けましょうか。

小さく息を吸って、軽い集中状態に入ります。

要領としては回復魔法を使う時と同じですね。

頭をからっぽにして、テラリス様に祈りを捧げます。

ほどなくして、身体の奥から温かいものがじんわりと広がるような感覚がありました。

これ、いったいなんでしょうね。

昔からずっと不思議だったんですけど、いまだによく分かりません。

「……フローラ」

ふと、リベルが小声で囁《ささや》きかけてきます。

「今、何をした」

「何って、お祈りですけど……」

私も声を潜めて答えます。

「どうしたんですか」

「いや、大したことではない。一瞬、汝《なんじ》から精霊に似た気配を感じたが……、我の錯覚かもしれん」

「私は人間ですよ。お父様と、お母様の子供です」

「もちろん分かっておる。……さて、そろそろネコ精霊たちを下がらせるか」

「ひそひそ。ぼくたち、でばんはおわりみたい」

「じゃあ『わるいねこ』にもどってばんごはんのじゅんびをしよっか」

「ぬきあし、さしあし、しのびあし……」

リベルの声は大きなものではありませんでしたが、ネコ精霊たちにはしっかり聞こえていたようです。

黙祷の邪魔をしないように気遣ってか、静かにテラスを離れていきます。

あ、こっちを向いて手を振っている子がいますね。

年配の枢機卿《すうききょう》がそれに気付いて、小さく手を振り返しています。

なんだか孫とおじいちゃんみたいで微笑《ほほえ》ましい光景ですね。

私がほっこりした気持ちになっていると、やがて、黙祷を終えた教皇猊下が口を開きました。

「皆様、ありがとうございました。……おや、ネコ精霊の皆さんはお帰りになられたようですね」

「あやつらは飽きっぽいからな。放っておくと、そのあたりにパン屋の二号店を建て始めるぞ」

リベルがそう答えると、会場のあちこちから小さな笑いが漏れました。

実際、テラリスタの広場には『わるいねこ』の臨時二号店が建っちゃってますもんね。

「精霊の方々がお店を開いてくれるのでしたらテラリス教としては大歓迎ですが、まあ、それについては別の機会に検討しましょう」

教皇猊下は軽い調子で答えると、私とお父様の方を向いて言葉を続けます。

「さて、グスタフ様、フローラリア様、このたびは遠いテラリスタの地までお越しくださいまして本当にありがとうございます。教会では貴国が独立するまでの経緯について情報が錯綜《さくそう》しており、『戴冠の儀』についての議論が進んでおりません。一度、ナイスナー王国の側から事情を説明していただければと思います。よろしいでしょうか」

私は、大丈夫です、と答えそうになって、慌てて言葉を呑《の》み込みました。

事前の打ち合わせだと、経緯の説明はお父様が担当することになってましたよね。

「フローラ。わたしとしては、おまえが喋っても構わないが……。どうする」

「お父様、よろしくお願いします」

私は即答していました。

周囲を頼るのは大事って、リベルも言ってましたからね。

お父様は苦笑いを浮かべたあと、スッと真剣な表情になって席から立ち上がりました。

それから、よく通る大きな声で、会議場にいる人々に語り掛けます。

「皆様、本日は時間を割いていただきありがとうございます。グスタフ・ディ・ナイスナーと申します。娘やリベル殿に比べれば影は薄いですが、わたしの話に耳を傾けていただければ幸いです」

いや、影は薄くないと思いますよ。

ちゃんと存在感は出てますから安心してください。

お父様の話はナイスナー家が独立するまでの流れを要領よくまとめたもので、もう一人の当事者である私にとっても納得できるものでした。

「――というわけで、わたしたちはフォジーク王国の宮殿に乗り込みはしましたが、王族を処刑などしておりません。王都の民を連れ出したのも、それが必要な事情があったことをご理解ください」

事情というのはつまり、フォジーク王国の国王が魔物を呼び出して、王都の人々を襲わせたことです。

自国の国民を殺して喜ぶなんて国王失格だと思いますし、事実、それを聞いた枢機卿たちは納得の表情を浮かべていました。

この反応を見るに、ナイスナー王国についての誤解はほぼ解けた、と判断していいでしょう。

昨日、私が黒死の霧を払ったことや、住民の方々を治療したことも好印象に繋《つな》がっているみたいですね。

やがてお父様が話を終えて着席すると、円卓を挟んで反対側に座っていた教皇猊下がゆっくりと立ち上がりました。

「グスタフ様、ありがとうございました。教会の内部でもすでに事実関係の確認を進めておりますが、お話しいただいた内容とおおむね一致しております。ナイスナー王国が独立した経緯は十分に理解できるものですし、わたしとしては戴冠の儀を行うことに問題はないと考えています。……枢機卿の皆様はいかがでしょうか」

「異議なし！」

「自分も賛成です」

「戴冠の儀はそう大きな儀式ではありませんし、近日中に執り行うべきでしょうな。グスタフ殿を
さらに待たせるのは申し訳ない」

おお。

なかなかいい流れになってきましたね。

まだ決議を取ったわけではありませんが、全会一致の賛成、といった雰囲気です。

私は安堵のため息を吐《つ》きました。

その矢先のことです。

「お待ちくだされ！」

突然、枢機卿の一人が大声で叫びました。

「教皇猊下も、皆の衆も、そして精霊王様も騙《だま》されております！　どうかこの、ルドルフ・ディ・ロイグラッハの話をお聞きください！」

◇　◇

ロイグラッハと名乗った枢機卿は、私たちから見て円卓の右側に座っていました。

四十代くらいの大柄な男性で、顎の周りはモジャモジャの黒い髭《ひげ》に覆われています。

顔立ちは、どことなくトレフォス侯爵に似ていますね。

あ、トレフォス侯爵というのはフォジーク王国の貴族の一人ですね。

昨年の秋、王都から兵を率いてナイスナー家の領地に攻め込んできたのですが、ネコ精霊たちのモフモフ攻撃によって敗れ去っています。

今は捕虜として収容所で農作業に勤《いそ》しんでいるのですが、ネコ精霊と一緒にクワを振るうちに農業の楽しさに目覚めてしまったらしく、いずれは自分の田畑を持ちたい、と周囲に漏らしているそうです。

それはさておき——

ロイグラッハ卿の発言によって会議は完全にストップしていました。

教皇猊下、そして他の枢機卿たちは戸惑いの表情を浮かべています。

一方、混乱の元凶であるロイグラッハ卿は席を立つと、芝居がかった調子で喋《しゃべ》り始めます。

「ああ、なんということでしょう。誰も彼も欺かれ、誤った道を歩もうとしております。この場で真実を知るのは、女神の啓示を受けたワシ一人なのかもしれません」

「……女神の啓示、とおっしゃいましたか」

疑わしげに眉を顰《ひそ》めながら、教皇猊下が口を開きました。

「それはどのようなものでしょう」

「おお、教皇猊下。このルドルフ・ディ・ロイグラッハに真実を語らせてくださいますか」

ロイグラッハ卿は身振り手振りを加えて、大仰にお辞儀をしてみせます。

なんだか自分の演技に酔っているというか、うさんくさい感じがしますね……。

「信じがたい話になりますが、どうか心を強く持って聞いてくだされ。実のところ、ここまでグスタフ殿とフローラリア殿が語った話はすべて嘘《うそ》！　嘘なのでございます！」

「馬鹿馬鹿しい」

私の隣で、リベルが大きくため息を吐《つ》きました。

「急に出てきたかと思えば、貴様は何を言っておるのだ」

「ああ、精霊王様！　どうか目をお覚ましください！　貴方様《あなたさま》は騙されているのです！」

ロイグラッハ卿はリベルの言葉を遮るように叫ぶと、私のことをキッと睨《にら》みつけてきます。

「ワシは知っていますぞ。その女は邪教と手を組み、魔法を使って精霊を操るばかりか、フォジーク王国に瘴気《しょうき》を出現させ、滅亡へと追いやったのです！　それだけではありません。テラリスタに黒死の霧が出たのも、実はこの女の仕業なのです。霧を払った？　人々を治療した？　すべては自作自演、皆様に取り入るための策略に決まっております。このまま放っておけば、この女によって教会は滅ぼされてしまいますぞ！」

は？

なんですかそれ。

さすがに無茶苦茶《むちゃくちゃ》というか、言いがかりにも程があります。

私の内心をよそに、ロイグラッハ卿はさらに得意げな様子で話を続けます。

「そもそもフローラリア殿の母親であるアセリア・ディ・ナイスナーは《青の剣姫》の名で多くの

功績を残しておりますが、女神の啓示によれば、実は邪教の魔女だったのです！　剣士としての名声も、自作自演の魔物退治で手に入れたに過ぎません。フローラリア殿は母親のやりかたをまねて皆様を騙そうとしているのです！　魔女の子はやはり魔女！　《銀の聖女》などと呼ばれておりますが、正体は人を弄ぶ魔女ですぞ！　さあ、今こそ魔女を打ち倒し、教会を守るのです！」

私は聖女でも魔女でもないですよ。

お父様とお母様の子供で、ただの人間です。

……さて。

私が悪く言われるのはまだ我慢できますが、今は亡きお母様の名を汚された以上、もう黙ってはいられません。

私は頭の左側に付けている月と星の髪飾りに触れると、意を決して立ち上がりました。

大きく息を吸い、ロイグラッハ卿を見据えて、言葉を発します。

「――いい加減にしてください」

その声は自分でも驚くほどに鋭く、冷たいものでした。

「ロイグラッハ卿。貴方が何を考えているか分かりませんが、私を魔女として扱いたいならお好きにどうぞ。……でも、お母様は関係ありませんよね」

私は自分の席を離れると、早足でロイグラッハ卿のところへ向かいました。

そして真正面に立つと、強い口調で告げます。

「お母様への暴言を撤回してください。今すぐ」

さもないと、首を締め落して、そこの岬から海に放り投げますよ。

さすがに口には出しませんでしたが、こちらの怒りは伝わったようです。

「ひっ……！」

ロイグラッハ卿は腰を抜かし、その場に尻餅をついていました。

顔は真っ青になっており、怯《おび》えた様子でこちらを見上げています。

……ちょっと感情的になりすぎたでしょうか。

とはいえ、あのままロイグラッハ卿に喋らせておくわけにはいきませんでしたから、必要なことだったとは思います。

さて。

問題は、ここからの動きですね。

向こうの謝罪を待つのも手ですが、もう少しだけ追及しておきましょうか。

「ロイグラッハ卿。根本的な疑問ですけど、どうして会議の終わり際になって女神の啓示なんて言い出したんですか。啓示があったなら、堂々と最初から明かせばいいでしょう」

「そ、それは……」

ロイグラッハ卿は私から目を逸《そ》らすと、言葉を濁して黙り込んでしまいます。

その様子を見て、周囲の枢機卿たちが声を上げました。

「確かにフローラリア様の言う通りだ。もし本当に啓示があったなら、なぜ今まで黙っていたのだ」

「嘘だからに決まっておるだろう。邪教と手を組んでおるのはロイグラッハ卿のほうではないか」

「儂《わし》はフローラリア様を信じるぞ。この方は、昨日、霧のせいで苦しんでいる儂らを必死で助けてくれたではないか」

ふむふむ。

どうやら場の流れは完全にこちらに来てますね。

ロイグラッハ卿は反論の言葉も思いつかないらしく、俯《うつむ》いて茫然《ぼうぜん》と地面を見つめています。

やがて肩を震わせると、どこか自棄《やけ》になったように笑い始めました。

「ふ……ふふっ、ははははっ……。お許しください、ガイアス様。やはり黒死の霧を祓《はら》われた時点で、ワシらの負けは決まっていたようです……」

ん？

いま、ガイアス様、って言いましたよね。

私が警戒を強めた矢先、バッ、とロイグラッハ卿が立ち上がりました。

その眼《め》にはいつのまにか紫色の妖しげな光が宿っていました。

「ならばせめて、この魔女を道連れに――！」

そして懐からナイフを取り出すと、私へと襲い掛かってきます。

もし私が普通の令嬢だったなら、きっと悲鳴を上げることしかできなかったでしょう。

けれど、ナイスナー家の者は女性であっても幼いころからジュージュツを学ぶことになっていますし、私はこれまでに何度も同じような場面に遭遇しています。

身を反らしてロイグラッハ卿のナイフを躱《かわ》すと、その服を両手で掴《つか》みました。

相手の勢いを利用しつつ、足を払って地面に叩《たた》きつけます。

ジュージュツの奥義『ハライゴシ』――決まりました。

「ぐうっ……！」

背中から地面に激突し、苦悶《くもん》の声を上げるロイグラッハ卿に向けて私は告げました。

「貴方の負けです。いったい何を企《たくら》んでいたのか、洗いざらい話してもらいましょうか」


先程、ロイグラッハ卿は弟神ガイアスの名前を口にしていました。

しかも『様』という敬称をつけていたわけですし、きっとガイアスの信奉者なのでしょう。

まさか教会の中枢にそんな人が入り込んでいたなんて……と私が驚いていると、予想外のことが起こりました。

『ロイグラッハめ、使えんやつだ』

頭の中に、低く這《は》うような掠《かす》れ声が響いたのです。

周囲の枢機卿《すうききょう》たちにも同じものが聞こえているらしく、戸惑いの表情を浮かべてあたりを見回しています。

ロイグラッハ卿が「おお……」と声を漏らして目を見開きました。

「ガイアス様！　どうかワシをお助けください！」

『無能に用はない。オマエは聖地もろとも滅んでしまえ』

「そんな……」

絶望の表情を浮かべてロイグラッハ卿は項垂《うなだ》れます。

今の会話から推測するに、声の主は弟神ガイアスでしょう。

そういえばドラッセンの霊脈に潜んでいた怨念もこんな声でしたね。

今回出てきたのは怨念ではなくガイアスの本体でしょうか。

私がそんなことを考えているあいだにも、ガイアスの話は続いています。

『まあいい。こちらの準備は整った。——オレからクロフォードを奪った報いを受けてもらうぞ、《銀の聖女》』

はい？

《銀の聖女》って、たぶん私のことですよね。

というか「クロフォードを奪った」ってどういう意味ですか。

私としては、弟神ガイアスは殿下を利用していただけ、という認識でしたが、もしかして実際は違ったのでしょうか。

とても気になるところですが——今はそれどころではありません。

「な、なんだ⁉　あれは……！」

枢機卿の一人が北を指差しました。

いつのまにか海上には瘴気が漂っており、その向こうから巨大な影が近付いてきます。

それはイカに似た黒い怪物でした。

頭は三角形で、縦長の顔には眼が二つあり、鋭い視線でこちらを睨みつけています。

顔の下から伸びる無数の足はグニョグニョと波打つように蠢《うごめ》いており、眺めているだけで背筋がゾワッとします。

『――我が眷属《けんぞく》たるクラーケンに告げる』

再び、ガイアスの声が聞こえてきました。

『人を喰《く》らえ。街を壊せ。聖女を叩《たた》き潰《つぶ》し、その血をオレに捧《ささ》げるがいい』

第六章　海の魔物と戦います！

クラーケンと呼ばれた怪物の出現により、屋外会議場はパニックに陥っていました。

「怪物がこっちに来るぞ！」

「なんという大きさじゃ……。儂らは悪夢でも見ておるのか……⁉」

「ひいいいいいいっ！　て、テラリス様、お助けください……！」

いや、今は祈ってる場合ではないでしょう。

最優先するべきは会議場からの避難ですが、皆さん、冷静な判断力を失っているようです。

……仕方ないですね。

私は大きく息を吸うと、声を張り上げました。

「皆さん！　聞いてください！」

よし。

静かになりましたね。

私はさらに大声で続けます。

「これからネコ精霊を呼びますから、教皇猊下《げいか》と枢機卿の皆さんはその指示に従って避難してください。あの怪物は、私たちでなんとかします」

「ほう」

離れた位置にいるリベルがニヤリと笑みを浮かべました。

「フローラよ。その『私たち』には我も含まれておるのだろうな？」

「ええ、私とリベルの二人です。……ダメですか？」

「ククッ、断るわけがなかろう。我は汝《なんじ》の守護者だからな」

「ありがとうございます。それじゃあ――ネコ精霊の皆さん！　避難誘導、よろしくお願いします！」

私がそう呼びかけると、ポポポポポン、と会議場のあちこちで白い煙が弾けました。

「ひなんにだいじなのはおかしだよ！」

「おさない！　かけない！　しなない！」

「いきるために、にげよう！」

こんな時でもネコ精霊の皆さんはブレませんね。

発言こそ緊張感に欠けていますが、私の意を汲《く》んで、すぐさま避難誘導を始めます。

「みんな、ぼくについてきてね！」

「あしこしがよわいひとは、みんなではこぶよ！　わっしょい！」

「わっしょい！　わっしょい！」

枢機卿の中には高齢の方も少なくありませんが、そういった人たちはネコ精霊たちに担がれ、モフモフされながら運ばれていきます。

地面に倒れていたロイグラッハ卿も「わっしょい！」されていますね。

ネコ精霊たちに任せておけば取り逃がすこともないでしょうし、後で異端審問官の方々に引き渡せばいいでしょう。

そんなことを考えていると、お父様が近くにやってきて、私に声を掛けてきます。

「フローラ、見事だった。怪我《けが》はないか？」

「大丈夫です。それより、お父様も早く逃げてください」

「分かっている。ただ、これだけは言わせてくれ」

お父様はそう言って地面に膝を突くと、私と目線を合わせてこう言いました。

「アセリアを魔女と呼ばれた時はロイグラッハのやつをどうしてくれようかと思ったが、おまえに任せて正解だった。感謝する」

「いえいえ。でも、まだロイグラッハ卿から撤回の言葉は聞いてないですよ」

「それは後日、どんな手段を使ってでも言わせるとしよう」

お父様はニヤリ、と黒い笑みを浮かべて頷きました。

「では、ここは任せる。わたしは街の住民たちに事情を話して避難を呼びかけよう」

「よろしくお願いします。では、また」

「ああ。また会おう」

そう告げるお父様の視線には、私への確かな信頼が籠っていました。

なんだかくすぐったいですね。

胸のあたりがポカポカしてきます。

それから私たちは頷き合い、互いに背を向けて動き始めました。

私は海の方へ、お父様は街の方へと駆け出していきます。

岬に目を向ければ、その先端にリベルの姿がありました。

腕を組み、風に吹かれながら、クラーケンの姿をジッと眺めています。

私が近付いていくと、リベルはゆっくりとこちらを振り向きました。

「フローラ、来たか」

「すみません。お待たせしました」

「別に構わん。それより、あれを見るがいい」

リベルはそう言って空を指差します。

見れば、空には三日月型の黒い亀裂が走っていました。

私は以前、同じものをドラッセンで見たことがあります。

「……世界の傷ですね」

それは弟神ガイアスが生み出す呪詛《じゅそ》のひとつで、傷の向こうは魔物の世界へと繋《つな》がっているそうです。

「もしかしてクラーケンがいきなり出てきたのは……」

「弟神ガイアスが世界の傷を開いたのであろう」

私の言葉を引き継ぐように、リベルが告げました。

「世界の傷には魔物を再生させる力がある。真っ先に排除すべきだろうな」

「そうですね。急いで浄化しましょう」

私は頷《うなず》くと、左手で髪をかきあげ、月と星の髪飾りに触れます。

それから手の甲をリベルの方へ差し出しました。

「王権をいただけますか。《ハイクリアランス》を使います」

「よかろう。――動くなよ」

それは一瞬のことでした。

リベルは私の左手を掴《つか》んで自分のほうに引き寄せると、私の額にくちづけを落としたのです。

「――っ⁉」

あわわわわわわわ……。

あまりにも予想外の展開に、私は驚くことしかできません。

リベルにくちづけされた場所が、じんじんと熱を持っています。

「ククッ、やはり汝は可愛《かわい》らしいな」

リベルはそう言ってニヤリと笑みを浮かべると、私の頭をくしゃくしゃと撫《な》でました。

「それでは世界の傷は任せたぞ。クラーケンは我が責任をもってイカ焼きに変えてみせよう」

ポケットから手鏡を取り出して確認してみれば、私の額には竜の顔を象《かたど》った紋章が浮かんでいました。

今回のくちづけは左手ではなく額でしたが、無事に王権を借りることはできたようです。

一方、リベルは岬の先端から飛び立つと、竜の姿に戻り、クラーケンのところへ一直線に向かっていきました。

「グゥゥゥゥゥゥゥオオオオオオオオオオオッ！」

「シィイイイイイイイイイイイイイイイイッ！」

リベルは翼を大きく広げ、クラーケンは無数の足を高く掲げ、互いに威嚇の咆哮《ほうこう》を上げました。

テラリスタの海が激しく震え、波がうねりながら陸地に迫ります。

街は高台の上にありますが、大津波が来ればさすがに危険かもしれません。

「……ボンヤリしている場合じゃないですね」

私は両手で自分の頬《ほお》をパチンと叩《たた》き、気合を入れ直します。

「ローゼクリス。力を貸してください」

『もちろんだよ、おねえちゃん』

白い煙がポンと弾けて聖杖ローゼクリスが姿を現します。

私は両手で杖《つえ》を握り、その内部に魔力を注ぎ込みます。

すると、先端部に取り付けられた水晶玉が輝きを放ち、美しいバラの形へと変わりました。

『世界の傷を浄化するんだよね』

「ええ。《ハイクリアランス》を使います」

私は意識を集中させると、呪文を唱えました。

「遥《はる》か遠き地より来たりて邪悪を払え。導く光、照らす光、聖なる光。――《ハイクリアランス》」

次の瞬間、清らかな閃光《せんこう》が北の空を覆います。

これで世界の傷は消えたはず……えっ？

どういうことでしょう。

世界の傷はさっきと変わらない姿のまま、依然として北の空に残っていたのです。

予想外の事態に私が戸惑っていると、ガイアスの勝ち誇ったような声が響きました。

『その傷はオレがじきじきに開いたものだ。以前のものより遥かに強化されている。キサマごときではどうにもならん』

果たして本当にそうでしょうか。

私は大きく深呼吸をして、再び、魔力を練り上げていきます。

『キサマ、何をしている』

えっ？

もちろん二度目の《ハイクリアランス》の準備ですよ。

ほら、温泉水入りの化粧品だって、試作品をいくつも作ったじゃないですか。

たった一度の失敗なんかじゃ諦めませんよ。

工夫を加えながら試行錯誤していきましょう。

成功するコツは、成功するまで続けることですからね。

次の《ハイクリアランス》では、浄化の力を狭い範囲に集中させてみましょうか。

◇　◇

――リベルとクラーケンの戦いは、かなり激しいものとなっていた。

「シィイイイイッ！」

クラーケンが唸《うな》り声《ごえ》をあげ、大きく身体を震わせる。

すると三角形の頭の周囲でバチバチと火花が散り、上空にいるリベルに向かって無数の稲妻が放たれた。

「ほう、雷を操るのか。ただのイカではなさそうだな」

リベルはボソリと呟《つぶや》きつつ、翼を羽搏《はばた》かせて回避行動に移った。

右に旋回しながら稲妻を紙一重のところで躱《かわ》すと、そのまま急降下してクラーケンに体当たりを仕掛ける。

激突。

その衝撃によってクラーケンがよろめいたところに、リベルは至近距離で《竜の息吹《ドラゴンブレス》》を放つ。

「ガァァァァァアッ！」

咆哮とともに白い閃光が弾けた。

《竜の息吹《ドラゴンブレス》》の直撃を受けたクラーケンは瀕死《ひんし》の状態となっていた。

全身はボロボロであり、足のほとんどは焼け焦げている。

だが——

『無駄だ』

そこに、ガイアスの声が響いた。

『知っているか？　——世界の傷は、魔物を再生させる』

ほどなくして言葉通りの現象が起こった。

世界の傷から闇色の粒子が溢《あふ》れ、クラーケンへ流れ込んだかと思うと、全身の傷という傷が消え去っていたのである。

それだけではない。

どうやら闇色の粒子には魔物を強化する力もあるらしく、クラーケンの頭の周囲には先程よりも激しい火花が散っていた。

「……チッ」

リベルの判断は早かった。

大きく翼を羽搏かせ、上空へと逃れる。

稲妻が放たれたのは、その直後のことだった。

《竜の息吹《ドラゴンブレス》》に匹敵するほどのエネルギーを持った雷撃が周辺一帯を覆いつくした。

もし巻き込まれていれば、リベルでも無事では済まなかっただろう。

やがて雷撃が過ぎ去ると、クラーケンはすぐさま頭に火花を纏わせ、新たな稲妻を放出した。

リベルは稲妻を回避しつつ、世界の傷にチラリと視線を向ける。

世界の傷は以前よりもずっと強化されており、フローラの《ハイクリアランス》でも浄化に失敗している。

「厄介だな」

リベルがそう呟いた矢先のことである。

二度目の《ハイクリアランス》が発動し、清らかな閃光が世界の傷を覆った。

それは一度目に比べると小規模なものだったが、輝きはむしろ強く、鋭くなっており——世界の傷の中心部に綻びを生じさせていた。

それを見逃すリベルではない。

《ハイクリアランス》には及ばないが《竜の息吹《ドラゴンブレス》》にも浄化の力は備わっている。

それによって綻びをこじ開けたところに、三度目の《ハイクリアランス》を炸裂させれば世界の傷を浄化できるかもしれない。

「……やってみる価値はあるな」

リベルの判断は早かった。

フローラのいる岬に眼を向けると、彼女の持つローゼクリスへと思念を送った。

◇　◇

二度目の《ハイクリアランス》ですが、私は確かな手応えを感じていました。

世界の傷には綻びが生じ、中心部の暗闇は周囲よりも少しだけ薄くなっています。

次も一点集中での発動がよさそうですね。

そんなことを考えていると、ローゼクリスが声を掛けてきます。

『おねえちゃん、ちょっといい？　王様から提案があったよ』

リベルから？

いったいなんでしょうか。

『王様の《竜の息吹《ドラゴンブレス》》にも浄化の力があることは知ってるよね。それを使って綻びをこじ開けるから、そのタイミングで《ハイクリアランス》を発動させてほしいんだって。……ちょっと難しいかもしれないけど、やるならボクも全力で手助けするよ。どうする？』

「やりましょう」

私は即答していました。

「サポート、よろしくお願いします」

『うん、任せて。それじゃあ王様に伝えるね』

ローゼクリスの先端に取り付けられた水晶のバラがピカピカと輝きを放ちます。

海の方に視線を向ければ、リベルはクラーケンの稲妻を回避しつつ、こちらを向いて小さく頷きました。

『おねえちゃん、連絡が終わったよ。これからすぐに《竜の息吹《ドラゴンブレス》》を使うんだって』

「じゃあ、こっちも急いで準備しましょうか」

『そうだね。……あっ、今回はちょっと詠唱を変えてもらっていいかな。うまくいけば《竜の息吹《ドラゴンブレス》》のパワーを取り込んで、倍以上の威力を出せるはずだよ』

分かりました、教えてください。

私が頷くと、すぐに頭の中に言葉が流れ込んできました。

一方、リベルはクラーケンが稲妻を放出したあとのわずかな隙を突いて接近すると、その勢いのままグルンと身体を回転させ、横合いから尻尾を叩きつけました。

クラーケンもこの衝撃には耐えられなかったらしく、後方へと大きく弾《はじ》き飛《と》ばされていました。

そうして生まれた数秒のあいだに、リベルは世界の傷のほうへと向き直り、攻撃態勢を整えていました。

翼を大きく広げ、激しい雄叫《おたけ》びを上げます。

「ガァァァァァァァァァァァッ！」

リベルの顎《あぎと》から《竜の息吹《ドラゴンブレス》》が放たれました。

もちろん、私もぼんやり眺めているわけではありません。

すでに魔力を練り上げ、詠唱を始めています。

口にするのは、先程、ローゼクリスから伝えられた呪文です。

「遠き星々の輝きを束ねて邪悪を祓え。導く光、照らす光、聖なる光。――《ハイクリアランス・コラボレイト》！」

そして――

まずは《竜の息吹《ドラゴンブレス》》が世界の傷の中心部にある綻びをこじ開けました。

続いて《ハイクリアランス・コラボレイト》が炸裂し、巨大な閃光が生まれます。

『バカな。傷が浄化されているだと？』

ガイアスの声が響きます。

先程のような余裕はどこにもなく、ひどく動揺していることが伝わってきました。

世界の傷は端から少しずつ溶けるように消えてゆき、それにつれてガイアスの声も遠く、小さくなっていきます。

『――このままでは現世への干渉を維持できん。くっ、キサマらはなぜオレを排除する……！』

そんなの当然じゃないですか。

貴方《あなた》の怨念にも言いましたけど、危害を加えてくる相手を好きになる理由はありません。

やがて世界の傷が完全に消滅すると、ガイアスの声もまったく聞こえなくなりました。

『……うまくいったみたいだね』

ローゼクリスが私に告げます。

『世界の傷もなくなったし、これでクラーケンの再生も止まるはずだよ』

「ええ、そうですね」

私はローゼクリスの言葉に頷きつつ、リベルのほうに視線を向けます。

ちょうどそのタイミングで、予想外の事態が起こりました。

「シィィィィイッ！」

クラーケンが激しい雄叫びを上げると、海面から大きくジャンプし、空中にいるリベルに背後から飛び掛かったのです。

「リベル！」

私が思わず叫んだ時、リベルはすでに動き始めていました。

「ガァァァァアッ！」

身を捻《ひね》ってクラーケンの突撃を避けると、そのままグルンと宙返りをして、右足で強烈なキックを放ちます。

完全にカウンターが決まった形でした。

キックの威力はかなりのもので、クラーケンは空高くまで打ち上げられます。

リベルは翼を広げると、大きく顎を開きました。

その周囲の空気が、ゆらり、と陽炎《かげろう》のように揺らめきます。

きっと魔力を練り上げているのでしょう。

そして——

「ガァァァァァァァァァァァァァァァアッ！」

ひときわ大きな咆哮《ほうこう》とともに、リベルが《竜の息吹《ドラゴンブレス》》を放ちました。

白銀の激流がクラーケンを呑《の》み込《こ》み、その全身を焼き焦がします。

「ギィイイイイイイアアアアアアアアアアアアッ！」

クラーケンの絶叫が響き、それに引き続いて、大きな爆発が起こりました。

轟音《ごうおん》が響き、烈風が吹き荒れます。

「きゃっ！」

私は思わず瞼《まぶた》を閉じ、髪を右手で押さえていました。

やがて風が収まったあと、ゆっくりと瞼を開けば、クラーケンは完全に消滅していました。


ふう。

今回もどうにか無事に戦いを終えることができました。

私が安堵《あんど》のため息を吐《つ》いていると、リベルが岬に戻ってきます。

人間の姿に変わり、私の目の前に降り立ちました。

「フローラ、大儀であった」

リベルはそう言って私の頭をわしゃわしゃと撫《な》でます。

「急な連携だったが、よくぞ成し遂げた。褒めてつかわす」

「いえいえ、お礼を言うのは私の方ですよ。手を貸してくれてありがとうございます」

「うむ。今回はどちらの力が欠けてもクラーケンを倒すことはできなかっただろう。まさに、我ら二人の勝利だな」

リベルは満足そうな表情を浮かべて頷きます。

「ただ、クラーケンのやつをイカ焼きに変えることができなかったのは悔やまれるな。《竜の息吹《ドラゴンブレス》》に力を込めすぎたせいで、つい、うっかり消滅させてしまった、その点は許せ」

「別にいいですよ。リベルって、妙なところで律儀ですよね」

「そうか？　宣言を達成できなかった以上、謝罪は必要であろう」

「分かりました。まあ、ともあれ一段落ですね」

「うむ。戦いが終わったことを、街の者たちに知らせてやるべきだろうな」

「それならいい方法がありますよ。――ミケーネさん！」

「はーい！」

私の呼びかけに応えて、足元でポンと白い煙が弾けました。

そうして姿を現したのはミケネコの精霊、ミケーネさんです。

「フローラさま、おつかれさま！　避難は無事に終わったよ！」

「ありがとうございます。ロイグラッハ卿《きょう》はちゃんと確保してますか？」

「うん！　フローラさまのお父さんが、今、じっくり取り調べをしているよ！」

あら。

それはなんというか、ロイグラッハ卿も大変ですね。

お母様を悪く言ったわけですから、お父様の怒りもかなりのものでしょう。

ロイグラッハ卿は今頃、異端審問官に引き渡されたほうがマシに思えるほどの目に遭わされているかもしれませんね。

それはさておき――

私はミケーネさんにひとつお願いをします。

「これからテラリスタの人たちに話をします。ローゼクリスと一緒に《ネコチューブ》を使ってもらっていいですか」

念のために説明しておくと、《ネコチューブ》とは遠くの人々に向けて映像を届ける魔法です。以前、ドラッセンで領主就任の挨拶をした時も《ネコチューブ》のお世話になりましたし、今の状況にピッタリの魔法だと思います。

私の言葉に対して、ミケーネさんは「まかせて！」と元気よく答えました。

「ぼく、フローラさまのためにがんばるよ！　ふぁいやー！」

『それじゃあボクも準備するね』

「ええ、よろしくお願いします」

私はローゼクリスをミケーネさんに手渡すと、リベルの横に並びました。

「リベルも一緒に映ってもらえますか」

「構わん。任せておけ」

リベルは頷《うなず》くと、右手で軽く前髪を整えます。

「どうだ。変なところはないか」

「大丈夫だと思いますよ。私はどうです？」

「問題はない。汝《なんじ》の姿を目にした者は、その可憐《かれん》さにたちまち魅了されるだろう」

「それは過大評価だと思いますよ」

リベルって、ときどき表現がやたらオーバーですよね。

巨大な竜だからこそ、言葉の使い方も巨大（？）なのかもしれません。

それから私たちは《ネコチューブ》で住民の方々に呼びかける内容について簡単に打ち合わせを行いました。

「まずは私が状況を説明しますから、最後はリベルが締めちゃってください。住民の人たちを安心させるのが大事ですから、頼もしそうな感じでお願いします」

「よかろう。任せておけ」

リベルはニヤリと頼もしい笑みを浮かべました。

「我は汝の守護者、汝の望みを叶《かな》えることが我の役割だ。全力でやり遂げるとしようおお。

なんだかすごい気合です。

私も負けていられませんね。

そんなことを考えていると、ミケーネさんが声を上げました。

「フローラさま！　準備おっけーだよ！」

「分かりました。いつでもいいですよ」

「はーい。じゃあ、いくよー！」

ミケーネさんはローゼクリスを掲げると《ネコチューブ》の呪文を唱えます。

「遥《はる》か遠き地からはいしんちゅう！　ちゃんねるとうろく、こうひょうか、よろしくね！」

ローゼクリスの先端に取り付けられた水晶のバラがカッと輝きを放ちました。

どうやら《ネコチューブ》が発動したようです。

私はコホンと咳払《せきばら》いをすると、話を始めました。

◇　◇

《ネコチューブ》を通しての呼びかけですが、話の内容としては、簡潔さと分かりやすさに重点を置くことにしました。

トラブルが起こった直後ですし、メッセージはシンプルにするべきですよね。

ポイントは次の三つです。


ひとつ、海にクラーケンという巨大な魔物が現れたこと。

ふたつ、私とリベルで討伐を行ったこと。

みっつ、すでに危機は去っており、テラリスタは安全であること。

弟神ガイアスとか世界の傷とか、そのあたりは意図的に省いています。

今、最も重要なのは「普段通りの生活に戻っても大丈夫ですよ」と伝えることですから、その他の事項はまた別の機会に説明すればいいでしょう。

私が説明しているあいだ、リベルは隣で腕を組み、うんうん、と満足げに頷いていました。

どうやら話の内容に問題はなさそうですね。

私は内心で安堵しつつ、締めの言葉を口にします。

「以上が、テラリスタの皆さんにお伝えしたいことです。ご清聴ありがとうございました」

それからペコリと一礼して、リベルのほうに視線を向けます。

「ふむ、我の番か。……任せておけ」

リベルは小声で私にそう囁《ささや》くと、一歩前に出ました。

そして威厳に満ちた声で、堂々と語り始めます。

「テラリスタに住むすべての人族よ、聞け。我は女神テラリスの眷属《けんぞく》にして精霊王、青き星海の竜リベルギウスである。今、フローラが語って聞かせた通り、すでにテラリスタの危機は去っておる。安心するがいい」

その口調は力強く、大きな安心感を抱かせるものでした。

隣で聞いている私でさえ、なんだかホッとした気持ちになってきます。

話の締めくくりとしてはピッタリの内容でしょう。

そうして《ネコチューブ》が無事に終わったあとのことです。

ポン、ポン、ポン、と足元で白い煙が弾け、三匹のネコ精霊が飛び出してきました。

んん？

急にどうしたのでしょうか。

三匹のネコ精霊は私たちの方を向き、こんなことを言いました。

「おしらせだよ！　おしらせだよ！」

「フローラさまとおうさまのしょうりをいわって、せいれいみんなでぱーてぃをひらくよ！」

「ばしょはてらりすたのひろばだよ！　フローラさまのおとうさん、きょうこうげーかさん、それからまちのひとたちも、みんなまとめてごしょうたい！」

おっと。

どうやら精霊たちが祝勝会を開いてくれるようです。

これは嬉《うれ》しいですね。

「教えてくれてありがとうございます。参加させてもらっていいですか？」

「うん！」

「きてね！　ぜったいきてね！」

「むしろつれてくよ！　わっしょい！」

わっしょい？

さっき、避難誘導の時に聞いた言葉ですね。

そんなふうに思った直後、私たちの周囲でポポポポポンと無数の煙が弾け、何十匹ものネコ精霊が姿を現しました。

「ぼくたち、あんしん、あんぜんのねこたくしー！」

「フローラさまと、おうさまを、ぱーてぃかいじょうにはこぶよ！」

「わっしょい！　わっしょい！」

ネコ精霊たちは私とリベルを抱え上げると、すぐに移動を開始しました。

わわわわわっ……。

なかなかの急展開ですね。

ネコ精霊たちの乗り心地（？）ですが、毛並みはモフモフで柔らかく、それに加えて移動による小さな揺れがほどほどに心地よく、だんだん眠気が強くなってきます。

ふぁ……。

思わず、あくびが漏れてしまいました。

「フローラ、眠いのならば眠って構わんぞ」

私の左隣にいるリベルが、気遣うように声を掛けてきます。

「《ハイクリアランス・コラボレイト》の反動も大きいはずだ。今のうちに少しでも休んでおけ」

「……そうですね。お言葉に甘えさせてもらっていいですか」

これから祝勝会なわけですが、あまり眠そうにしていると、周囲に心配を掛けてしまうかもしれませんからね。

「うむ。汝は今回もよく働いた。褒美に、我の膝を枕にするがいい」

リベルはそう言うと、右手で私の肩を掴《つか》み、自分の方へと引き寄せました。

ひゃっ⁉

私の身体はそのまま左に向けて倒れ、横向きになりました。

頭の下にはリベルの膝があります。

……ええと。

これって、いわゆる膝枕ですよね。

リベルの端正な顔が、すぐ真上にあります。

「到着まで眠っておくがいい。我は汝の愛らしい顔でも眺めているとしよう」

そんなことを言われても、こんなに顔が近いとドキドキして眠れな……ぐぅ。


こうして私はいつのまにか眠りに落ちていました。

◇　◇

私が目を覚ましたのは、ちょうど広場に到着する直前でした。

「おお、ようやく目を覚ましたか」

膝枕はいまだ継続中で、リベルは私の顔を覗《のぞ》き込《こ》むと、フッと笑みを浮かべました。

「よく眠っておったぞ。やはり疲れておったのだな」

「そうみたいですね。膝、ありがとうございました」

私はリベルにお礼を告げると、ゆっくりと身を起こします。

背伸びをしているうちに、私たちを乗せたネコ精霊たちは広場に入りました。

「ひろばー、ひろばでーす」

「ここがしゅうてんになります。ていしゃするので、ごちゅういください！」

「ほんじつはねこねこばすをごりようくださり、ありがとうございました！」

ねこねこばす？

さっきは「ねこたくしー」と言っていたような……？

まあ、ネコ精霊のことですから、移動中に気が変わったのでしょう。


地面に降ろしてもらって周囲を見回せば、広場にはすでに大勢の人たちが集まっていました。

人々の周囲ではネコ精霊たちが楽しそうに歌い踊っており、とても賑《にぎ》やかな雰囲気です。

「フローラさまとおうさまのしょうりをいわって、ダンスをするよ！」

「てぃっく！　とっく！　ついったー！」

「もういっかいおどれるどん！　……まちがえた！　おどれるよ！」

言葉の意味はよく分かりませんが、ともあれ、とっても楽しそうにしています。

それに影響されてか、人々も明るい表情を浮かべていますね。

「皆、安堵《あんど》しておるようだな」

私の左隣でリベルが呟《つぶや》きました。

「ところでフローラよ。向こうにいるのは汝の父親ではないか」

あっ、本当ですね。

右に視線を向けると、お父様や教皇猊下《げいか》、そして枢機卿《すうききょう》の皆さんがこちらに近付いてきます。

「フローラ、よくやった」

最初に声を掛けてきたのはお父様です。

私のすぐそばで足を止めると、優しげな笑みを浮かべて言葉を続けます。

「かなり激しい戦いだったようだが、怪我《けが》はなさそうだな」

「ええ、大丈夫です。お父様はご無事ですか」

「もちろんだとも。わたしはさほど危険なことをしていないからな。街の者たちに避難を呼びかけ、そのあとはロイグラッハ卿を締め上げていた」

そういえばお父様、ロイグラッハ卿の尋問をしていたんでしたっけ。

何か有用な情報は手に入ったのでしょうか。

「アセリアへの暴言ならすでに撤回させた。おまえへの不信感を煽《あお》るための作り話だったらしい」

「まあ、そうですよね」

お母様がどんな方だったのか、私はちゃんと理解しています。

ただ、他の人は誤解する可能性もありますから、きちんと撤回させることは重要でしょう。

「ナイスナー王国について悪い噂《うわさ》を流していたのもロイグラッハ卿だったようだ。おそらく、まだまだ余罪があるだろう」

お父様はそう言ってから、ニヤリ、と黒い笑みを浮かべました。

「ただ、どうにも口が堅いようだからな。今はキツネ殿に尋問を任せている」

それは頼もしいですね。

あの子はなかなかの策略家ですから、ロイグラッハ卿の持っている情報を洗いざらい吐かせてくれるでしょう。

そうしてお父様との話が一区切りついたところで、今度は枢機卿の皆さんが声を掛けてきました。

「精霊王様、フローラリア様。街を守ってくださりありがとうございます。何もお手伝いできず、本当に心苦しい限りです」

「まったくその通りですわい。何か、儂《わし》らにできることがあればいいんじゃが」

「やはりここはフローラリア様に正式な聖女としての称号を……」

いやいやいや。

聖女なんて全力でお断りしますよ。

私にとっては領主としての立場のほうが大事ですからね。

内心でそんなことを考えていると、たまたま、教皇猊下と目が合いました。

「フローラリア様。一度ならず二度までもテラリスタの危機を救ってくださったこと、心から感謝申し上げます。……教会としては、聖女の地位を押し付けるようなことは決していたしませんので、どうぞご安心ください」

「ありがとうございます。……そこは本当によろしくお願いします」

「もちろんです。ただ、フローラリア様やリベル様には本当に大きな恩がありますし、我々にできることがあればなんでもおっしゃってください」

ん？

なんでもいいんですか？

じゃあ――

「『戴冠の儀』を今から始めることって、できますか」

あ、もちろん冗談ですよ。

とりあえず言ってみましたが、たぶん無理ですよね。

というのも、戴冠を行うには下準備として一ヶ月の時間を掛け、王冠に精霊の祝福を宿す必要があるからです。

……あれ？

てっきり断られるかと思っていたら、教皇猊下は黙り込んでしまいました。

もしかして怒らせてしまったでしょうか。

やがて――

教皇猊下は右手で銀縁眼鏡《めがね》を押し上げると、口を開きました。

「分かりました。この街の、ひいてはテラリス教の大恩人であるフローラリア様の望みとあらば、断るわけにはまいりません。教皇としての全権をもって実行させていただきましょう」

えっ。

「ちょ、ちょっと待ってください」

私は思わず声を上げていました。

「気持ちは嬉しいですけど、戴冠の儀を今から始めるのって難しくないですか？　王冠に精霊の祝福を宿すのって、一ヶ月は掛かりますよね」

「ええ、本来ならばそうでしょう。ですが、今のテラリスタには大勢の精霊と、精霊王のリベル様がいらっしゃいます」

「うむ」

私の隣でリベルが頷きました。

「精霊の祝福が必要ならいくらでも与えてやろう。一ヶ月も必要ない。三秒もあれば充分だ」


こうして私の軽率な（？）発言により、今日のうちに戴冠の儀が執り行われることになりました。

広場ではネコ精霊たちの手により、急ピッチで儀式場の建設が始まっています。

「ぼくたち、ねこのだいくさん！」

「りっぱなぎしきじょうをつくるよ！」

「とんかちとんとん！　かなづちかんかん！」

工事はものすごい勢いで進んでおり、あと一時間ほどで儀式場が完成するそうです。

私はというと、儀式場の裏手に建てられた臨時の控室に入り、自分の出番を待つことになりました。

　そうなんです。

　今回の儀式ですが、なぜか私の出番があるんです。

　しかもチョイ役じゃなくて、主役のような役割を与えられてしまいました。

　戴冠の儀では、本来、女神の代理人である教皇が王冠を授けることになっています。

　ところが――

　驚いたことに、私がお父様に王冠を授けることになりました。

　もちろん、これには理由があります。

『戴冠の儀』の実施が決まった直後、教皇猊下がこう提案したのです。

「グスタフ殿に王冠を授ける役割ですが、ただの人族に過ぎないわたしより、女神の眷属《けんぞく》であるリベル殿がふさわしいのではないでしょうか」

　これはまだ納得のいく話です。

　女神様の代理という点では、リベルが最も適任でしょう。

　なにせ眷属で、精霊を統べる王様ですからね。

　ですが、リベルは次のように答えました。

「確かに汝《なんじ》の言葉は間違っておらん。我は女神テラリスより、その代理として地上を統べる王権を授かっておる。……しかし、今、その王権はフローラに貸し与えておる。であれば、グスタフに戴冠を行うのはフローラが適任であろう」

この時になってようやく気付いたんですけど、私、リベルから王権を借りたままだったんですよね。

もちろん王権を返して断ることも可能でしたが、親孝行のつもりで引き受けることにしました。

だってお父様、私が王冠の授与を行う、という話が出た途端にものすごくソワソワし始めましたからね。

自重して発言を控えていたようですが、家族である私には分かりますよ。

そもそも、こうして『戴冠の儀』が行われることになったのは私の発言がきっかけですし、あとは知らんぷり、なんて無責任ですよね。

……というわけで、こうして控室で出番を待っているわけですが、今更になって少しばかり迷いが出てきました。

「私がテラリス様の代理とか、天罰が落ちたりしませんよね」

思わずそう呟くと、控室にいたミケーネさんが声を上げました。

「フローラさま、大丈夫だよ！　テラリス様がここにいたら、きっと応援してくれるよ！」

「そうなんですか？」

「うん！　テラリス様はぼくたちネコ精霊と同じで、楽しいことが大好きなんだよ！」

おっと。

それは意外ですね。

神話に語られるテラリス様って、わりと大人しいというかお淑《しと》やかなイメージですからね。

ネコ精霊に近いということは、その場のノリで生きている感じなのでしょうか。

そんなことを考えていると、コンコン、と控室のドアがノックされました。

どうやら戴冠の儀が始まるみたいですね。

私は大きく深呼吸して、心の準備を整えました。

◇

◇

ネコ精霊たちの作った儀式場は、突貫工事とは思えないほど見事なものでした。

たとえるなら、半円形の屋外ホールでしょうか。

円周状に座席が配置されており、中心部には屋根付きの立派な祭壇が設けられています。

ちょっと手を加えれば、歌劇などのショーにも使えそうですね。

進行役の教皇猊下が式辞を述べ、テラリス様への黙祷《もくとう》を済ませると、いよいよ私たちの出番です。

「お父様、行きましょう」

「ああ。……可愛い娘の晴れ舞台だ。気合を入れねばな」

いやいや、何を言ってるんですか。

儀式の主役はお父様ですよ。

私は内心でツッコミを入れると、祝福済みの王冠をリベルから受け取り、祭壇へと上がります。

座席のほうにチラリと目を向ければ、どこも満席になっており、さらには立ち見の人まで出ていました。

すごい視線を感じます。

緊張しますね。

ちなみに私の服装ですが、さすがに普段着で儀式に出るわけにはいかないので、白を基調とした法衣《ほうえ》に着替えています。

これはタヌキさんが超特急で仕立ててくれたものです。

あの子、実は裁縫がとっても得意なんだとか。

サイズもぴったりで、着心地も抜群です。

お父様の方は、黒を基調とした礼服を纏《まと》っています。

いつもながらピシッと決まっていて格好《かっこ》いいですね。

さて。

儀式そのものはかなりシンプルです。

まずはお父様が私の前で跪《ひざまず》いて、戴冠を乞うための口上を述べます。

「我が名はグスタフ・ディ・ナイスナー、女神テラリスの代理人にして我が娘たるフローラリア・ディ・ナイスナーによる戴冠を望む。いかに」

「女神テラリスの代理にして、精霊王リベルより王権を託されし者として問います。王として人々に尽くす意思はありますか」

「然《しか》り。我が血、我が魂はすべて我が民のために」

「ならば王冠を授けます。貴国に末永く繁栄のあらんことを」

そして私は両手に抱えていた王冠を、お父様の頭に載せます。

次の瞬間、儀式場にいた人々のあいだからワッと歓声が上がりました。

それだけではありません。

あちこちでポン、ポン、ポンと白い煙がはじけ、ネコ精霊たちが姿を現しました。

「フローラリアさまのおとうさん！　たいかん、おめでとう！」

「たいかんが、とってもめでたいから、たいやきをやいたよ！」

「みんなでたべて、おいわいしよう！」

んん？

こんなの、儀式の手順にありましたっけ。

私が首を傾《かし》げているうちに、ネコ精霊たちがタイヤキを配り始めます。

「つぶあん、こしあん、かすたーどくりーむ！　いろんなあじをよういしたよ！」

「こんがりさくさく、とってもおいしいよ！」

「ぼくのおすすめは、かれーあじ！　すぱいしー！」

それはちょっと気になりますね。

私もひとつもらえますか。


さて。

戴冠の儀は途中からタイヤキパーティに変わってしまいましたが、お父様は無事に戴冠を果たし、正式な王として教会に認められることになりました。

ナイスナー王国についての誤解もすっかり解けましたし、私としては大満足の結果です。

めでたし、めでたしですね。

エピローグ　事件の裏側が分かりました！

戴冠の儀を終えて宿に戻ったあと、私はそのままベッドに倒れ込むようにして眠っていました。

目を覚ましたのは翌日の昼過ぎで、時計は午後一時を回っていました。

私、かなり疲れていたみたいですね。

部屋のバスルームで入浴を済ませ、リビングでくつろいでいると、リベルが訪ねてきました。

どうやら私のことを心配して、様子を見に来てくれたようです。

「フローラ。身体に変わりはないか」

「大丈夫ですよ。ぐっすり眠ったおかげで元気いっぱいです」

「それは何よりだ」

リベルはフッと笑みを浮かべて頷きます。

「我はこれから昼食にするが、汝はどうする」

「あ、ご一緒させてもらっていいですか」

「もちろんだ。では、この部屋に運ばせるとしよう」

そう言ってリベルは数秒ほど目を閉じました。

おそらくネコ精霊たちに連絡を入れているのでしょう。

それから五分も経たないうちに、リビングに三匹のネコ精霊が現れました。

「おひさしぶりです！　にゃんばーいーつです！」

「できたて！　おとどけ！　くびったけ！」

「ほんじつ、フローラさまがいただくのは、こちら！」

じゃじゃじゃじゃーん。

どこからともなく謎の音楽が鳴り響き、ネコ精霊たちがテーブルに料理を並べます。

今日のメニューは具だくさんのナベヤキウドンでした。

鍋の中にはハクサイやシイタケ、アブラアゲなどが所狭しと並び、隙間からはホワホワと白い湯気が上がっています。

とってもおいしそうですね。

「いつもごりようありがとう！」

「ひごろのごあいこにかんしゃして、ねこちけっとをいちまい、プレゼント！」

「ごまいあつめると、すてきなしょうひんがもらえるよ！」

それは楽しみですね。

チケットは表面にネコ精霊の似顔絵が描かれた可愛《かわい》らしいものでした。

なくさないようにちゃんと保管しておきましょう。

そうしてネコ精霊たちが去っていったあと、私とリベルは頷き合い、手を合わせました。

「いただきます」

「うむ、いただくとしよう」

ハシを右手に持って、食事を始めます。

はふはふ。

もぐもぐ。

むむっ。

うどんのツユですが、カツオダシがよく利いています。

「これ、おいしいですね」

「うむ。ナベヤキウドンは二度目だが、やはりうまいな」

「前に食べたことがあるんですか？」

私の問い掛けに、リベルは「うむ」と頷きました。

「ドラッセンの『わるいねこ』で食べたが、あちらも美味だった」

「そっちのお店はまだ行ったことがないんですよね。今度、連れて行ってもらっていいですか」

「もちろんだとも。楽しみにしておくがいい」

「ありがとうございます。忘れないでくださいね」

「当然だ。我が、汝との約束をひとつでも違えたことがあったか」

「ないですね」

そのあたり、リベルは律儀なタイプだと思います。

個人的にはポイント高いですよ。

そうして食事を終えたところで、ポン、と足元で白い煙が弾けてキツネさんが姿を現しました。

「クンクン。この匂いは、アブラアゲ……？」

さすがキツネさん、鼻が利きますね。

ナベヤキウドンを食べていたことを伝えると、羨ましそうに尻尾をパタパタさせました。

なかなか可愛らしいですね。

私がほっこりしていると、キツネさんは場を仕切り直すように「コンコン」と咳払《せきばら》いをし、真剣な表情で話を始めました。

「ご存じかとは思いますが、ワタシは現在、ロイグラッハ卿《きょう》の尋問を担当しております。お耳に入れておきたいことがありまして、急ぎ、ご報告にまいりました。少しばかりお時間をいただいてもよろしいでしょうか」

「私は大丈夫ですよ。リベルはどうですか」

「我も構わん。話すがいい」

「お二人とも、ありがとうございます。それではお聞きください」

キツネさんは恭しく一礼すると、さらに言葉を続けます。

「今回の事件ですが、どうやらロイグラッハ卿は弟神ガイアスの神託を受けて動いていたようです」

「いったいどんな神託だったんですか？」

「『フローラリア・ディ・ナイスナーの名誉を失墜させ、人族から孤立させろ』——そのような内容の神託だったようです」

「……なるほどな」

キツネさんの言葉に、リベルが納得顔で頷きました。

「弟神ガイアスは人間の孤独に付け込み、甘い言葉を囁《ささや》いて破滅へと導く。おそらく、ヤツはフローラを次の標的に定めておったのだろう。……ククッ、我のフローラを狙うとはいい度胸だ。我の前に出てくることがあれば《竜の息吹《ドラゴンブレス》》で焼き尽くしてやろう」

またサラッと「我のフローラ」なんて言ってますね。

まあ、別にいいですけど。

それはさておき、どうしてガイアスは私を狙っているのでしょう。

心当たりは……まあ、一応、ありますね。

私の頭をよぎったのは、クラーケンが出現する直前、ガイアスが口にした言葉です。

――オレからクロフォードを奪った報いを受けてもらうぞ、《銀の聖女》。

クロフォード殿下はかつて弟神ガイアスの怨念を宿していましたが、私とリベルに敗れたことがきっかけで、怨念の支配から脱しています。

もしかして、ガイアスはそのことを恨んでいるのでしょうか。

「……可能性はあるかと思われます」

私の話を聞いて、キツネさんは考え込むような表情で頷きました。

「ナイスナー王国に戻りましたら、あらためてクロフォードに尋問を行いましょう。弟神ガイアスとの関係については詳しく訊《き》いておく必要がありそうです」

「よろしくお願いします。何か分かったら、すぐに教えてください」

「もちろんです。では、次の報告に移らせてください」

そう言ってキツネさんが説明してくれたのは、今回の事件においてロイグラッハ卿がどのような役割を担っていたか、ということでした。

ロイグラッハ卿は弟神ガイアスの神託を受け、二つの計画を並行して進めていたようです。

ひとつは、教会内部にナイスナー王国の悪評を流し、お父様の戴冠を妨害すること。

もうひとつは、私がテラリスタを訪れるタイミングで黒死の霧を発生させること。

ロイグラッハ卿としては最終的に、『父親の戴冠を認めない教会に苛立《いらだ》った魔女フローラリアは黒死の霧でテラリスタを壊滅させた』という作り話をでっちあげ、私を糾弾するつもりだったようです。

「……なかなか壮大な計画ですね」

「ですが、どんな計画も成功しなければ意味がありません」

キツネさんは首を横に振ると、さらに話を続けます。

「フローラリア様が黒死の霧を浄化したのは、ロイグラッハ卿にとって想定外のことだったようです。翌日の会議において女神の啓示などと言い出したのは、強引にでも計画通りの流れに戻すための、起死回生の一手だったのでしょう」

「まあ、それも無駄に終わったわけだがな」

リベルが肩を竦《すく》めます。

「ともあれ、事件の背景は理解できた。……ガイアスがクラーケンを送り込んでくるのも当然か」

「どういうことですか？」

「汝《なんじ》は浄化魔法の使い手として桁外れの才能を持っておる。黒死の霧を浄化してみせたことがなによりの証拠だ。……その力はいずれ神々の領域に至るかもしれん。だからこそ、ガイアスは汝を今のうちに叩《たた》き潰そうとしたのだろう」

「ちょっと待ってください。神々の領域ってなんですか。さすがに過大評価だと思いますよ」

「さて、どうだろうな」

リベルはニヤリと笑みを浮かべました。

「汝はいつも我の予想を軽々と超えてくる。今後の成長を楽しみにしておるぞ」


リベルからの過大評価はいつものことなのでさておき、キツネさんからの報告には、もう一点、重要なものがありました。

ロイグラッハ卿の素性です。

元々の名前はルドルフ・ディ・ト、レ、フォ、ス、トレフォス侯爵家の人間で、先代侯爵とメイドのあいだに生まれた子供だったとか。

トレフォス侯爵にとっては異母弟にあたるみたいですね。

「じゃあ、ロイグラッハ卿の顔がトレフォス侯爵に似ているのは……」

「同じ父親を持つ兄弟だからでしょう」

私の言葉を引き継ぐように、キツネさんが答えます。

「ルドルフは五歳の時に遠縁のロイグラッハ家へ養子に出されました。その後、周囲の者らに勧誘され、ガイアス教の信者になったようです」

「周囲の者というと、家族か」

リベルがそう問いかけると、キツネさんはコクコクと頷きました。

「おっしゃる通りでございます。ロイグラッハ家は古くからテラリス教の運営に関わっておりましたが、その裏ではガイアス教と密接な関係を築き、資金援助や情報提供などを行っていたようです」

マジですか。

教会の中枢にガイアス教の信者が入り込んでいたなんて、さすがにちょっとビックリです。

ロイグラッハ卿にはいずれ厳しい処分が下されるでしょうが、もしかすると、ガイアスの信奉者が他にも隠れているかもしれません。

「……一度、教会内部をちゃんと調査したほうがよさそうですね」

「ワタシもフローラリア様と同じ考えです」

キツネさんは深く頷きました。

「この案件については教皇殿とも相談しまして、すでにワタシのほうで調査を始めております。しばらく時間が掛かりますが、結果をお待ちください」

◇　◇

それからさらに一〇日ほどが過ぎ、テラリスタを去る日がやってきました。

教皇猊下《げいか》や枢機卿《すうききょう》の方々、さらには街の人々に見送られながら、私は竜の姿に戻ったリベルの左手に乗って空へと飛び立ちます。

あ、もちろんお父様も一緒ですよ。

「リベル殿。今日はよろしくお願いいたします」

「任せておくがいい。快適な空の旅というものを約束してやろう」

リベルはお父様にそう答えると、続いて、私のほうに視線を向けました。

「フローラ。まずはどこに向かえばよいのだ」

「ガルド砦《とりで》にお願いします。方角としては南ですね」

「うむ。まったく分からんぞ」

「あっちです、あっち」

「なるほど。理解したぞ」

リベルは頷《うなず》くと、南に向けて進路を取ります。

空には太陽が輝き、すがすがしい晴れ模様です。

風が気持ちいいですね。

私が遠くの山々を眺めていると、ふと、右にいたお父様が声を掛けてきます。

「フローラ、ひとついいか」

「どうしました？」

「戴冠の儀でのことだ。教皇猊下に代わって、わたしに王冠を授ける役割を引き受けてくれただろう。……嫌ではなかったか」

「大丈夫ですよ。確かに恐れ多いとは思いましたけど、人前で何かするのは慣れてますから。……私が王冠を授けるって話になった時、お父様、かなりソワソワしてましたよね」

「気付いていたのか」

「見れば分かりますよ、親子ですから」

私が思わずクスッと笑うと、お父様も釣られるように笑みを浮かべました。

「親であるわたしが気を使われるとはな。……だが、悪い気分ではない」

「まあ、育ててもらった恩がありますからね。どんどん親孝行していきますよ」

「おまえは優しいな」

お父様は穏やかな声でそう呟くと、右手で、私の頭に付いている月と星の髪飾りに触れました。

「わたしも、亡くなったアセリアも、親としておまえの幸福を一番に願っている。おまえが幸せに暮らすことがなによりの親孝行だ。……それだけは、よく覚えておいてくれ」

お父様をガルド砦で降ろしたあと、私とリベルはドラッセンへ戻ることにしました。

リベルには竜の姿のまま、空を飛んで西に向かってもらいます。

「フローラよ。方角はこちらで合っているな」

「ええ、大丈夫ですよ」

私はリベルの顔を見上げながら答えます。

「それにしても今回は大騒動でしたね」

「まったくだ」

私の言葉に、リベルは深々と頷きました。

「弟神ガイアスが暗躍していたのは予想外だったが、テラリスタが壊滅することもなく、汝の父親も無事に戴冠の儀を済ませた。結果としては上々だろう」

「私がお父様に王冠を授けるなんて、さすがに予想外でしたけどね」

「ククッ、儀式での汝はなかなかに可愛らしかったぞ。ずいぶんと緊張しておったようだな」

「やっぱり分かりますか」

「当然だ。常日頃から汝のことを眺めておるからな」

リベルはそう答えると、右手の人差し指で優しく私の頭を撫《な》でました。

なんだか小動物みたいな扱いですけど、リベルから見た人間って、サイズとしては人間にとってのネズミやハムスターみたいなものでしょうし、当然と言えば当然かもしれません。

そのまま撫でられていると、リベルがふと、こんなことを呟きました。

「汝は大物だな」

「急にどうしたんですか？」

「汝の先祖であるハルトでさえ、我の手が近付いてくれば反射的に身を固くしたものだ。だが、汝はまったく怯えもせん。大した度胸だ」

「うーん」

「どうした？」

「そもそもの話なんですけど、私がリベルに怯える必要なんてありませんよね。精霊の洞窟で初めて会った時、生涯ずっと守ってくれるって言ったじゃないですか」

私はそう答えると、両手を上げて、リベルの大きな右手に触れました。

「今だって、私をうっかり傷つけないように、力加減にすごく気を使ってますよね」

「……よく分かったな」

「当たり前です。リベルが私のことを見ているのと同じくらい、私だってリベルのことを見ていますからね」

「つまり、我らは互いに相手を気に掛けている、ということか」

「そうなりますね」

私とリベルは互いに視線を交わすと、小さく笑い合いました。

やがてドラッセンが見えてきます。

街に帰ったら、まずは何をしましょうか。

そういえば豊饒《ほうじょう》の気《オーラ》の影響で、作物が実りやすい土地になっているんですよね。

街を拡張して、農場を作るのもいいかもしれません。
コンカツパーティの企画も順調に進んでいますし、今後が楽しみです。

あとがき

お久しぶりです、遠野九重です。

このたびは『役立たずと言われたので、わたしの家は独立します！　～伝説の竜を目覚めさせたら、なぜか最強の国になっていました～』二巻をお買い上げいただき、ありがとうございます。

皆様の応援のおかげで無事に二巻をお届けすることができました。

今回は『小説家になろう』に掲載されていた作品を全面改稿……ではなく、ゼロからの完全書き下ろしです。

Ｗｅｂ版に縛られていないぶん、ネコ精霊たちが前巻よりも自由自在に大暴れしています。

ちなみに二巻のプロット時点では、キンギョスクイ大会や『わるいねこ』は存在しませんでした。

そして聖地に行ってみればニセ聖女が出てきてフローラが魔女の汚名を着せられる……みたいな展開でしたが、いざ書き始めると精霊たちがわーわーきゃーきゃーと楽しそうに騒ぎ始め、にぎやかな二巻が生まれていました。

正直、びっくりです。

作者自身、原稿を読み直して「これ、本当に私が書いたの……？」となりました。

実は二巻を書いている時の記憶もかなり曖昧なのですが、これは他の作家さんの身にもちょくちょく起こっている現象のようです。

「筆が乗ると記憶が飛ぶ」とか「進みがいい時は手が勝手に動く」とか、そういう話はあちこちで耳にします。

いわゆる理論派の作家さんに話を聞いてみても、結局、本文の細かいところは感覚に任せているようなので、小説というのは「考えるな、感じろ」の世界なのかもしれませんね。


さてさて、最後に謝辞を。

イラストを担当してくださった阿倍野《あべの》ちゃこ様、一巻に引き続き、二巻でも可愛《かわい》らしいイラストをありがとうございます。ネコの魔法陣、ほんとキュートですよね。

担当編集のS様、今回も最後まで根気よく付き合ってくださり、ありがとうございました。途中、何度も励ましていただいたこと、誠に感謝しております。

ところで本作はすでにコミカライズが始まっておりまして、B's-LOG COMIC本誌をはじめとして、ComicWalker、ニコニコ静画、pixivコミックなどで連載されております。

漫画担当の黒野ユウ先生がフローラやマリア、ネコ精霊たちを、時に可愛く、時にコミカルに描いでおりますので、ぜひ一度ご覧ください。

あっ！

そういえば本作、テレビCMが存在しています。

YouTubeにも動画がアップされていますので、こちらも要チェックですよ！

最後に、本書の製作・販売に携わってくださった方々、そしてお買い上げくださった読者の皆様には心から感謝を申し上げます。

また三巻でお会いできれば幸いです。

それでは！

お便りはこちらまで

〒102－8177
カドカワBOOKS編集部　気付
遠野九重（様）宛
阿倍野ちゃこ（様）宛

カドカワBOOKS

役《やく》立《た》たずと言《い》われたので、わたしの家《いえ》は独立《どくりつ》します！2
～伝説《でんせつ》の竜《りゅう》を目《め》覚《ざ》めさせたら、なぜか最強《さいきょう》の国《くに》になっていました～

2021年6月10日　初版発行
2021年8月20日　3版発行

著者／遠《とお》野《の》九《この》重《え》

発行者／青柳昌行

発行／株式会社KADOKAWA

〒102-8177
東京都千代田区富士見2-13-3
電話／0570-002-301（ナビダイヤル）

編集／カドカワBOOKS編集部

印刷所／暁印刷

製本所／本間製本

●お問い合わせ
https://www.kadokawa.co.jp/（「お問い合わせ」へお進みください）
※内容によっては、お答えできない場合があります。
※サポートは日本国内のみとさせていただきます。
※Japanese text only

Printed in Japan
ISBN 978-4-04-074133-8 C0093

新文芸宣言

かつて「知」と「美」は特権階級の所有物でした。

15世紀、グーテンベルクが発明した活版印刷技術は、特権階級から「知」と「美」を解放し、ルネサンスや宗教改革を導きました。市民革命や産業革命も、大衆に「知」と「美」が広まらなければ起こりえませんでした。人間は、本を読むことにより、自由と平等を獲得していったのです。

21世紀、インターネット技術により、第二の「知」と「美」の解放が起こりました。一部の選ばれた才能を持つ者だけが文章や絵、映像を発表できる時代は終わり、誰もがネット上で自己表現を出来る時代がやってきました。

UGC（ユーザージェネレイテッドコンテンツ）の波は、今世界を席巻しています。UGCから生まれた小説は、一般大衆からの批評を取り込みながら内容を充実させて行きます。受け手と送り手の情報の交換によって、UGCは量的な評価を獲得し、爆発的にその数を増やしているのです。

こうしたUGCから生まれた小説群を、私たちは「新文芸」と名付けました。

新文芸は、インターネットによる新しい「知」と「美」の形です。

2015年10月10日
井上伸一郎

百花宮のお掃除係
黒辺あゆみ
イラスト しのとうこ
転生した新米宮女、後宮のお悩み解決します。
シリーズ好評発売中！
カドカワBOOKS
前世の記憶をもったまま中華風の異世界に転生していた雨妹。後宮へ宮仕えする機会を得て、野次馬魂全開で乗り込んでいった彼女は、そこで「呪い憑き」の噂を耳にする。しかし雨妹は、それが呪いではないと気づき……

FLOS COMICにて
コミカライズ連載中！
漫画・shoyu
憧れの後宮はトラブルだらけでした!?
新米宮女、医療チートで大活躍！
風邪の予防にアルコール消毒！
呪い信者の道士と医学論争!?
無害な化粧品づくり！
第4回カクヨムWeb小説コンテスト
キャラクター文芸部門
〈特別賞〉